著

生三景

文化藝術出版社
Culture and Art Publishing House

图书在版编目（CIP）数据

人生三景 / 庄建民著. -- 北京：文化艺术出版社，2025.3. -- ISBN 978-7-5039-7779-4

Ⅰ.I267

中国国家版本馆CIP数据核字第2025WG5227号

人生三景

著　　者	庄建民
封面题字	汪健云
责任编辑	魏　硕　郭丽媛
责任校对	董　斌
书籍设计	赵　蠡
出版发行	文化艺术出版社
地　　址	北京市东城区东四八条52号（100700）
网　　址	www.caaph.com
电子邮箱	s@caaph.com
电　　话	（010）84057666（总编室）　84057667（办公室） 　　　　84057696—84057699（发行部）
传　　真	（010）84057660（总编室）　84057670（办公室） 　　　　84057690（发行部）
经　　销	新华书店
印　　刷	国英印务有限公司
版　　次	2025年6月第1版
印　　次	2025年6月第1次印刷
开　　本	880毫米×1230毫米　1/32
印　　张	7.625
字　　数	115千字
书　　号	ISBN 978-7-5039-7779-4
定　　价	68.00元

版权所有，侵权必究。如有印装错误，随时调换。

序：一个"素人"的流年碎影

黄桂元

1978年3月1日，刚刚结束寒假的南开园迎来新生入校，一时间人流涌动，熙熙攘攘。新生主体多为工人、农民、上山下乡或回乡知识青年、复员士兵，以及少许"无业游民"。他们曾散落在山南海北的角角落落，失去了太多，太多。他们无背景，无地位，无年龄优势，其共同拥有的，也只是"过山车"般的动荡年代和未被岁月风霜摧残的韧性与理想。面对似乎从天而降的人生拐点，他们大梦惊觉，跌跌撞撞挤上命运的末班车，浑身疲惫，满脸沧桑，集结在地震后重建的南开园。

一道历史光束明晃晃聚焦过来，将见证他们怎样从岁月弃儿成为时代骄子的蝶变过程。

据统计，当年高考报名人数为570.5万人，录取人数为27万人,录取率为4.73%。他们从千军万马般的考生中杀出重围,挤进狭窄逼仄的独木桥。谈到这一届学子群体,南开中文系张学正教授曾以捕鱼做比喻,强调这个"奇葩"现象的不可复制性,"七七级"这一大网,捞出的是整整11年的收获,此事堪称空前,也必然绝后,以后高考回归常态,一年一网捕的鱼,怎可与之同日而语。

在我看来,描述他们当时的特定状态,或许用"素人"这个称谓更为传神。据说"素人"源自日语,与"玄人"相对,最初释义,多指外行或没有经验的人,与如今的"小白"近似,经互联网的推波助澜而耳熟能详,泛指那类不曾包装、未经修饰的普通人的自然状态。其实,早在清末民初,章炳麟、鲁迅等大家笔下就出现过"素人"字眼,但用法没有确指,只有朱自清对"素人"的定义直截了当:"我是彻头彻尾赞美梦的,因为我是素人,而且将永远是素人。"这是精神层面的指称,也是"七七级"主体在非常年月中的某种隐喻。

小庄模样周正,个头不高,衣着朴素整洁,举止透着教养,平时寡言少语,不显山不露水,在南开同窗中似乎没有太多存在感。我对他的直观印象,是拿不准他是哪里人。说他来自北方的任何省份,我都相信,唯独不敢确

序：一个"素人"的流年碎影

定他是天津人，他在海河边土生土长，却与外地人心目中"卫嘴子"的形象不符。他总是独来独往，像个踪迹不定的邮差。四年同窗，我和小庄疏于沟通，此后也联系不多，一直是"半生不熟"状态。

小庄很早就对"相濡以沫，不如相忘于江湖"的处世哲学有所心得，也由此形成了相应的人生价值观。他认为，人之交往，应"注重分寸感，轻易不对他人表示亲近，轻易不要求别人帮助"，冷暖由心，聚散随意，这不仅是精神自在的需要，还可以保持个人的某种独立性不会流失。对此，弘一法师曾有32字诗偈："君子之交，其淡如水。执象而求，咫尺千里。问余何适，廓尔忘言。华枝春满，天心月圆。"形成这种认知，小庄无疑是早慧的，且无师自通，只是他的名字干扰了人们对他的判断。保守估计，在中国，名字叫"建民"者至少超过百万，妥妥的大众现象。"庄"姓却不多见，在宋代《百家姓》原始版本中，"庄"姓排在第323位，历经近千年演变情形大有改观，据最新人口统计，"庄"姓已跃升至第113位，尽管如此，此姓仍属小众。这并不重要，在庄建民看来，历史上有个"庄周"，就足以傲视千秋了。若干年后，小庄已变成老庄，先开博客，后建公众号，用文字经营一块

"老庄菜园",以"阿庄"为笔名,"我的文章我做主",精耕细耘,风生水起,乐此不疲。他的数百篇随笔纷纷显形,在万家灯火中闪烁光泽,虽并不如何耀目,却也是独特的存在。

毕业40多年,同学相继退休,老庄的家乡情结也变得黏稠,加之父母年事已高,回津便成常事。有好热闹的同学组织京津棋友对抗赛,你来我往,走动增多,但就私人交往而言,我和老庄大体依旧,场面礼数周全,却不曾有过深度交流。我们仅有两次单独接触,都是在他回津期间,谈他准备出书的事,地点约在我家附近的麦当劳,直奔主题,效率极高。当过兵的我一直讲究守时,但老庄总是捷足先登,提前20分钟,然后点上两杯咖啡,找一个安静角落等我,我每次提前五分钟到,却总是"姗姗来迟",抱歉落座。他没有寒暄,直接入题,过程简单,事情说完,起身作别。

老庄的新书,引领我一步步走入他的心径之旅。时光倒流,往事浮现,人生碎片四散,又悄然无缝连接,拼成一个完整、立体的老庄存在。不觉间,老庄和我的距离时而切近,时而遥远,又仿佛陌生了许多,与我对他的长期印象相互拧巴。那些文字内容,隐秘还是敞亮,感性还是

序：一个"素人"的流年碎影

理性，尖刻还是放达，要看怎么理解。他的心思太多，话题太广，笔墨太杂，随笔集《人生三景》也只是冰山一角。沉浸其间，我渐次识得其自律与疏狂的"庐山真面目"，同时享受到了一个窥视者的隐秘惊奇和阅读快感。

我与小庄同龄，生命节点与历史动荡大致合拍。那个春寒料峭的日子，我们站在了同一条起跑线上，表面看似寻常，实则有太多颇具看点的戏剧成分。"七七级"的成分来源多为工农兵，小庄却来自素有专攻的美术部门，仅此优势，一般人就难以望其项背。我从小就被贴上"红色"基因标签，貌似光鲜，实则孤苦。父母早逝，一度使我的童年和少年举步维艰，但出身的光环还是为我在15岁那年过早服役开了一路绿灯。于是，尚未发育成熟的身子穿着晃里晃荡的宽松兵服昂首阔步走在军营大院，那种自鸣得意的窃喜，不是普通孩子可以体会到的。我迷上大兵诗歌，在本子上抄满李瑛、纪鹏、顾工、石祥等前辈军旅诗人的豪言金句，亦步亦趋学着在纸上涂鸦，投寄地区或军内小报，那些口号般的句子一旦变成铅字，则沾沾自喜，亢奋难眠。

而此时的小庄，已稳稳走在艺术启蒙的绿油油田野，风景这边独好。小庄最初读小学的阶段，也是磕磕绊绊，因家庭出身问题，他曾从高峰跌至低谷，再顽强爬回平地，但这些挫折，比起他的专业成长不算什么。最重要的是，他始终没有中断自己的艺术兴趣追求。从1968年到1978年年初，他学画整整10年，画出的风景、静物、人物和石膏像不计其数，同时研习硬笔书法，并得以考入学制三年的天津工艺美校，不夸张地说，放在当时的背景，这类中专的教学水准可与如今的"211"比肩。在校期间，他在老师指导下临摹了许多名家名作，背着画夹与同学辗转于京津一带采风，还在团泊洼郭小川下放过的农场实习体验，早早打下了扎实的美术基础。

1976年，我复员回津等待安置工作，同一年，庄建民在工艺美校完成学业，正式入职美术公司。不久他被派往北京"军博"帮忙布展，其间他屏住呼吸，近距离感受靳尚谊、韦其美、彭斌、许宝中、李泽浩等著名画家的作画现场。他还数次参观国家级美术大展，并目睹列宾、列维坦、门采尔等绘画大师的画册名作，此类活动，对他而言成了家常便饭。在那段如梦似幻的日子，作为美术工作者的庄建民羽翼渐丰，前景看好。我和他身处所在，不是同一个频道，更不是同一条赛道。他的学艺经历、审美视野和鉴赏水准，远非封闭在军营里的我这个大头兵所能想象的。

这一切过往，我浑然无知，小庄缄口不言。

庄建民从小就有主意，自尊、敏感，骨子里清高，还喜欢冒险。国家恢复高考，正因为机会平等，跃跃欲试者比比皆是。扬长避短的道理小孩子都懂，小庄却像是中了邪，没把自己擅长的专业优势太当回事。昔日的学画伙伴和同学无一不在美术领域发力准备，庄建民却不打算一条道走到黑。他剑走偏锋，下了步奇着，也是险棋，填写了两个完全不搭界的报考志愿。

接下来奇迹出现了。他在接到南开中文系的录取通知书时，得知天津美术学院也录取了他。意外的是，他毫不迟疑地选择了弃画从文。与此同时，学画同伴、同学也都如愿以偿，进入中央工艺美院或天津美院。对此小庄并不羡慕，更不清楚自己踌躇满志踏上的是一条坎坷之途。多年后，已成为清华美院教授的"发小"张同学，每每两人相聚，提起形影不离的结伴学画往事，仍感慨不已。

再接下来，小庄入学南开伊始，即遭当头棒喝。他这才注意到，中文系的准确叫法是"汉语言文学专业"，这完全超出了他的预想。最让他痛苦的是，读语言学，必须要过死记硬背这一关，枯燥乏味，令人生厌，想起昔日那些随心所欲、自由潇洒的快意作画时光，他的肠子都要悔青了。他不明白自己为什么走火入魔，丢弃强项，鲁莽闯进一个陌生的学科领域。他曾在一篇忆旧随笔中形容自己的困境，是从"美术的芳草地"误入"文学的黑森林"。他茫然无措，心灰意冷，每周一的返校上课都成了心理负担。他曾试图争取转校，回归美术专业，无奈他的美术成绩不足以让美院破例，奔走无果，终成泡影，他叹息，轻慢美术而遭致命运捉弄。

多年后我知道了这段鲜为人知的背后故事，那一刻秒懂，小庄何以对自己的学画经历秘而不宣，闭口不谈，那是扎在他心头的一根刺，稍加碰触就会作痛。

如此这般，中文系也只能硬着头皮读下去。每天他照常上课下课，继续轮回着教室、图书馆、宿舍"三点一线"的单调日子。他审视自己，在班里，自己很像是19世纪俄国文学作品中的那种"多余人"。他习惯了沉默，也习惯了把沉默背后的一肚子"不合时宜"写进日记。

他的日记，从小庄写到老庄，迄今已有大半个世纪，色调斑斓，内容芜杂，前半生多为多愁善感的产物，后半生则把思考的触角伸向更深广的领域。他不会记录日常生活的流水账，起居饮食、家长里短的细枝末节。日记是他

序：一个"素人"的流年碎影

的精神驿站，灵魂伴侣，年轻时的心猿意马，中年后的上下求索，晚年期的从容笃定，一路陪伴，不离不弃。同时日记也是其私密情绪的容器，里面深藏着种种追问、焦虑、烦忧、自省、忏悔、瞩望，还有数次单相思过程中的倾诉、呻吟与梦呓，一度被自己嘲弄为"垃圾桶"和"下水道"。即使日后老庄西装笔挺、举止雍容，出入于各种高端、华丽的社交场合，日记中的这种心理状态仍与他如影随形，互为表里，内外交织，形成了一道略显怪异的独特生命风景线。而今，各个时期的日记本泛黄发旧，型号不一，已达三四十本，百多万言，堆积起来，构成了"庄氏"一生的精神仓储。

老庄和我都属羊。据他的观察分析，羊性与牛性属于食草类，习性偏于温驯、安分，皆可称为羊性人。从数量上说，羊性人是比较寻常的大多数，性情偏于温驯、绵软。但撒欢的羊性人一旦刻薄起来，也会失去常态，毒舌功夫不可小觑。读大学时，有次他到一位老师家求教，给他留下深刻印象的不是老师的指点和教诲，而是其可悲可叹的居住环境，"一个大通道横贯东西，左右对称的房间如一排排鸽笼。狭窄的过道堆满了自行车，穿过这些车，如同穿越丛林，或者像在雷区探步"，正是午间做饭当口，公用厨房烟气腾腾,"几个人影来往穿梭,犹如正在救火的消防队员",遂感叹连连,这些高等学府里的知识分子,"其风格情志可以跟羲皇武帝相媲美,其物质上的清贫又几乎等同于亚当和夏娃","装了一脑袋知识然后入土,似乎他们的学问是到阴曹地府里去用的"。

我们京津相隔,各自沿着人生岔路渐行渐远,日益模糊。此后的岁月,小庄如何成为老庄,如何从普通记者、编辑坐到新华社总社《瞭望》杂志总编室副主任、《中国名牌》杂志副总编的位置,我并不清楚。但我相信,以老庄的处世方式,这个过程,必然不可能顺风顺水。

老庄拥有好笔头,本可在新闻职场一显身手,却常常事与愿违。新闻和文学都是笔墨功夫,却隶属于两个范畴,用他的话,就如灌木和乔木,同是植物,却完全是两样。新闻写作以正在发生的事实为蓝本,标准化的语言,强调客观、冷静、简洁,不能越界,而文学属于个人创作,注重主观感受、独特想象和个性色彩。在新闻职场,他还一直做着小说梦。作家圈有个说法,新闻结束,文学出发,但新闻如何转化成文学,由谁转化,这都是置身新闻职场的人无能为力的。既然无欲无求,那就按部就班,顺其自然。好在他的人生轨迹还算正常,恋爱、娶妻、生

序：一个"素人"的流年碎影

子，一样没有耽误。这种俗常生活，倒也吻合老庄给自己设定的底线，即做个传统意义上的"好人"。

老庄性情散淡，无意仕途，只想做纯正的写作者。金圣叹除了评点《水浒传》，还以其畅言33件"不亦快哉"流传于世。晚清戏剧家黄钧宰反其道而行之，写出《述哀情》31件，意在说明，人生一世哪里有那么多"不亦快哉"。史铁生曾将困境归纳为三种状态：一曰孤独，人生来注定无法与他人彻底沟通；二曰痛苦，人实现欲望的能力，永远赶不上欲望滋长的能力；三曰恐惧，人生本就是一种生命倒计时的过程，无法逆转。老庄面对困境，无法做到以不变应万变，也就拒绝躺平，笃信"方向比努力更重要"，一旦认准突围的出口，则义无反顾，从不拖泥带水。

2000年，老庄再次做出惊世骇俗的选择，以逃离的方式告别京城和妻儿，开始了长达12年的"南漂"生活。此时的老庄已经45岁，扔掉铁饭碗，抛弃大媒体的金字招牌，改弦更张，下海从商，到遥远的深圳从零开始，背水一战。会不会是哪根神经搭错了？很显然，走这条路风险重重，对于老庄的人生震荡之剧烈，比其当年弃画从文更甚。正常思路，既是换碗饭吃，也未必一定要与体制剥离干净，以老庄的职场资历、经验与写作能力，找个国有接收单位并不困难，他又何以如此决绝，只身南下，搏命独闯？

老庄早已不是一个毛头小伙，他的选择不排除男儿血性的意气用事，或被虚幻目标诱使的一时冲动，但更内在的原因，还是其"性格即命运"使然。他是个行动力很强的人，从不把过去的积累看得很重，认准了目标拔腿就走，丢了就丢了，不足惜，也不足道，就像当年很轻易地放弃十年打下的美术专业基础，想当然地挑战未知，自信满满"闯入"南开园。

对于生活中的一件事、一个现象、一种结果，人们往往习惯用"当局者迷"来解释，对于老庄，却未必如此。作为事中人，老庄肯定比局外者有更深的思虑、更远的谋划。多年的历练和沉浮，使他天性中的多愁善感日趋淡化，渐行渐远。他把这12年的"南漂"经历看作一个私人事件，一次出家修行。这段寂寞彻骨的岁月，他在《漂泊人生》中曾有过令人唏嘘动容的描述："深圳是个多雨的城市，我常常一个人在雨中漫步；深圳是个无眠的城市，我也常常在夜幕下行走。这时我把自己比作一匹孤独的狼。"更多时候，他刻意与世隔绝，置身于空荡荡的房

序：一个"素人"的流年碎影

间，视唐代诗人李翱为遥远知音，独享那种悲壮、凉薄的生活美学境界："选得幽居惬野情，终年无送亦无迎。有时直上孤峰顶，月下披云啸一声。"他觉得此诗简直就是为自己量身定制的。幽居者，自然是无迎无送，应酬皆免，经年如是。他居住在笔架山下，山不高，不足百米，四周绿意葱郁，早上他常常爬上山顶，深圳的部分市容尽收眼底，晚上则孤零零紧闭门窗，把卧室当成练歌房，仰天长啸，壮怀激烈，孤寂中过足了随心吼唱的瘾，所有的郁闷随之释放。

兜兜转转，倦鸟归巢，2012年老庄回到北京。说到底，他一直没有真正脱离"素人"状态，也甘愿做朱自清说的那类"素人"。放在这个变化多端的时代背景下观察老庄，他的人生存在宛如多棱镜、多面体，资深媒体人、业余画家、音乐发烧友、炒股弄潮儿、棋痴、牌手，太多的业余兴趣爱好，很难分辨出哪一个角色是老庄的最爱。他认同倪匡的配额理论，相信每个人的生命历程都会享有一定配额的好运、成功和荣耀，相应地，也会有一定配额的霉运、失利和痛苦。人生一世，都会经历这两类境遇，也总有配额用完的时候。

如今的老庄老之将至，退居边缘，洗尽铅华，思想火花却仍在文字中熠熠生辉。他始终活得通透、敞亮、洒脱、自在,想什么说什么,不会欲说还休,闪烁其词,顾左右而言他。《人生三景》收入的诸多随笔,看似七零八碎、东拉西扯的篇什,却构成了一个完整、厚重的自传读本。他在探究这个世界的同时,也在深沉地自我凝视和拷问,践行苏格拉底的生命哲言,"没有省察的人生不值得拥有"。其笔墨挥洒,经纬交错,内容庞杂,难以归类,讲故事常有小说白描的细节滋生,写人物则有工笔画的线条韵味,谈天说地品人论事,更是思维发散大开大合,形而上与形而下互融,多样性与趣味性兼具,世事洞明,人情练达,妙意丛生,雅致耐读。

凡此种种,还请读者自行判断与体味。是为序。

（作于 2025 年 5 月）

注:作者系天津市作家协会原副主席,第八届、第十届茅盾文学奖评委

目录

上编　生之情景

我的小学……003

蛐蛐情……011

恰同学少年……021

玉渊潭情思……027

我的时装消费"启蒙"……035

沧桑之感……042

午夜聆听……049

恨别鸟惊心……053

和亲人在一起的日子……057

享受天伦　品味平淡……061

感受病痛　感悟生命……068

庭园漫步……073

中编　世之风景

南下列车上……077
小城说书场……080
漫步长江边……084
通俗歌曲演唱会……089
老戏迷的星期天……095
红嘴雀……099
逛潘家园……106
人在迷途……113
我的上海牌手表……117
麻辣鸭头的故事……121
老铁匠……126
一个乞讨者的尊严……130

下编　心之愿景

仰望星空的人……135
方向比努力更重要……138
何为"有价值的人生"？……144
"鸡汤文"与"麻辣文"……150

目 录

真相的力量……156

人生的"风景"……159

取舍之间……162

人性·欲望·修养……167

地铁启示录……188

棋如人生……196

天鹅座的"表兄",你好……210

人类正在制造自己的"掘墓人"?……215

跋……221

上编 生之情景

我的小学

小学，人生的启蒙由此开始。

对于幼稚的心灵来说，小学阶段的启蒙是全方位的，除了知识的汲取、品德的培养，还有是非观念的建立以及人格的初塑，而后者对于一个人世界观的形成有着更为重要的影响，也会给他的生命历程留下更加深刻的记忆。

我的小学，像是走了一段"V"字形从高峰到低谷再回到平地的轨迹，这也是自尊心与自卑感交替左右着自我认知的一段历程。在这段历程中，我初步了解了社会，也形成了基本的自我价值判断。

小学的头三年，是我最开心、最美好，也是最幸运的一段日子。

上小学以后，我的功课一直很好，加上我比较听老师的话，所以很快得到了班主任刘老师的赏识。一次学校里组织文艺演出，我和一个女同学表演了一段"对口词"，得到了老师和同学们的好评。

二年级，我第一批加入了少先队，后来又当上了班委、班长。当时的我左臂上戴着"两道杠"，很神气也很得意。放学时，我会喊着口令带着大家排队离校；课余时间，班主任常常让我和班委留下开会，布置一些班集体的事情。我还曾经作为班集体的代表，到附近的部队营房同解放军叔叔一起联欢。当时全国正开展学雷锋活动，我和一位同学在某中学操场玩耍时捡到一支钢笔，把它交给了中学传达室的老大爷，老大爷记下了我俩的名字和就读的小学。几天后，一封表扬信寄到了我的学校，那位失主还送给我俩每人一支带橡皮头的花杆铅笔，这在当时是不可多得的学习用具。老师在课堂上念了那封信，还对我俩拾金不昧的行为给予了表扬，全班同学都投来羡慕的眼光。

班主任刘老师是一个20岁左右的姑娘，梳着齐耳短发，眼睛很大很亮，她虽然总是笑眯眯的，可瞪起眼睛训人的时候也是蛮凶的，有同学说她是"卫生球眼"，别的同学都很怕她，我却不怕，因为刘老师总是微笑着向我投来欣赏的目光。

刘老师跟了我们班六年，一直教语文，而语文正是我的强项。上课时，只要老师提问，我总是高举右手，老师也总是叫我站起来回答问题。

小学阶段每天上午上半天课，下午的半天同学们分成若干学习小组，在各个家庭学习点完成作业，老师轮流到各个学习点检查辅导。

刘老师把我家确定为一个学习点，安排了四五个同学在我家写作业和做课外练习。小组中一个韩姓同学算术比较吃力，老师让我和他结成"一帮一"的对子，帮助他完成作业，我也因此和韩同学成了玩伴。

在上小学最初的三年里，我是老师的骄子、同学的榜样，过得如鱼得水。老师给我的学年评语是："学习成绩好，团结同学，开朗乐观，工作能力强……"这些评价让我自然而然地觉得，自己各方面都比别的同学优秀，也让我慢慢滋生了一种优越感。

然而，到了小学中后期，情况开始发生变化，我渐渐觉得，老师不再像从前那么喜欢我了，转而开始喜欢和依靠另一些同学，对我的表扬大大减少了。

刚上三年级的时候，一次年级组长在刘老师的陪同下到各个学习点做家访,年级组长在我的家里发现了一些物品,比如带铜锁的柜子、雕了花格的饭桌、铜制的洗脸盆等,她觉得,这些物品并非劳动人民家庭所能拥有,而是剥削阶级家庭的物品。当时已是1966年,按照家庭成分来划分"阶级队伍"已经成为潮流,而学习成绩、平时表现,不再像从前那样作为衡量学生是否优秀的标准。

其实,我的爷爷并非地主富农,而是上中农。年级组长凭着她的"政治嗅觉",认为我家已不适宜再做家庭学习点。现在回想起来,年级组长是带着"政治任务"做那次家访的,为的是防止劳动人民的子女受到剥削阶级家庭环境的影响。

在年级组长的干预下,刘老师不得不把我家的学习点撤掉,换到了韩同学的家。我父亲觉得老师这样做有些不对劲,曾找过学校询问,但最后不了了之。

在当时的社会大环境之下,我的好日子似乎过去了,不顺心的事情接踵而至。

一次上语文交流课,由刘老师主讲,后面坐了一排学校的领导以及外校的教师,气氛显得比平时庄重。以往上课的时候,老师总是叫我来回答她的提问,可这一次情况不同了,虽然我还是把手举得老高,老师却像没看见一样，总是叫别的同学来回答问题。开始我以为总会轮到让我表现的机会，也许老师是想把一个出彩的问题留给我。然而一节课快过去了，我一次次把手举得更高，脸上的表情显出十二分的急切，老师依然像没看见一样，把目光从我身上溜过。

我不理解老师为什么和以前不一样了，显然不是担心我回答得不好，而是别的原因。一堂课过去了，我举手不下七八次，却一次也没有被叫起来回答问题。在这么多老师、年级组长和教务主任面前显示出我的学习能力、表达能力，这是多么难得的机会！可刘老师就是不再给我这个机会！

当时，我并不懂得背后的原因，多年后才醒悟，刘老师在课堂上不给我表现的机会，不是不再喜欢我，而是当着年级组长和众多领导的面，她要"避嫌"，避免造成对我这个并非"红五类"子弟过分偏爱的印象，但这件事情却给自尊而敏感的我心里留下了一道阴影，至今我一直对这件事情记忆深刻。

新学年开始的时候，班里重新选举班长，由大家自由提名，有的同学推荐了我，有的同学推荐一个军人子弟，还有别的被推荐人。为了显示"民主"，老师让每个同学投票。那一次，多数同学把票投给了那个军人子弟，我的选票落后于他。军人子弟当上了班长，我第一次品尝到失败的苦果，有一种深深的挫败感。

"文革"开始了。很快，学校取消了原来的少先队，改成了"红小兵"。班里第一批加入"红小兵"的几名同学是由老师指定的清一色"红五类"，不要说地富子女，就是普通城市平民和像我这样家庭出身的学生也都没有份。我那个"一对一"帮扶对象韩同学，因为父亲是工人，理所当然地成了第一批"红小兵"。

每个"红小兵"都戴着一个用红绸子做的袖章，扛着木制长枪在学校的操场上排队训练。"红小兵"还负责看管学校里揪出来的"牛鬼蛇神"，监督他们劳动，在同学们的眼里，首批"红小兵"别提有多神气了。

在"停课闹革命"的日子里，"红小兵"们每天都要到学校参加军训和执行任务，而我和那些没有加入"红小兵"的学生，都成了到处游荡的"野孩子"。我特别羡慕"红小兵"，渴望成为他们中的一员，常常独自来到学校，隔着学校的栅栏和围墙，观看"红小兵"们出操、训练。

"复课闹革命"以后，学校里又吸收了第二批、第三批"红小兵"，条件放宽了一些。按照家庭成分排队，我终于在第三批加入了"红小兵"。

当时全国学习解放军，学校里的"班"改为"排"，年级改为"连"，先前的军人子弟班长跟随父辈迁往外地，离开了这所小学，而我经过一段时间的"考验"，又重新担任了"排长"职务。到了小学的最后阶段，我的"威信"渐渐地恢复到"文革"前的状态。

以后多年的生活经历让我渐渐懂得，一个人命运的升降起落，总是被他所处的时代左右，无论是微不足道的小学生、老百姓，还是有权有势的大人物，都是在大的时代浪潮裹挟中随波逐流，勉力前行。每个人所能做的，只是把握好自己的人生航标，坚守内心的信仰，不懈怠，也不气馁。

如今回过头来看我小学的这段经历，如果只有前半段的顺境和荣誉，缺少了后半段的失宠和失落，应该说并不完整，其实，小学后半段的经历对我的成长之路更有意义。

从一个较长的生命周期来看，人生总是在好好坏坏的起伏变化中走过的，有时顺利，有时不顺利；有时得意，有时失意；有时是这一些人得意，有时是那一些人受宠。一个人不可能总是如鱼得水，也不可能总是处于低谷，只要你心地纯正,不懈怠,不骄傲,不放弃,是金子总会发光。

(作于2018年8月)

蛐蛐情

我小的时候，没有像现在这么多供孩子玩乐的电脑游戏、影视动画和高科技玩具，不过，我们也有好多自得其乐的玩意儿。玻璃球、铁丝枪、弹弓、空竹……甚至糖纸、烟盒都是我们中意的玩具。至于捉蜻蜓、粘知了、斗蛐蛐，更是男孩子的最爱。

到了夏秋之交，斗蛐蛐便成了大院里男孩子最热衷、最有吸引力的游戏了。常常看到院子里聚着斗蛐蛐的人堆，每个半大不小的男孩手里，都有几个用玻璃瓶或陶瓷罐装着的蛐蛐。大家围成一个圈儿，外围的人屁股撅得老高，脖子伸得老长往里边看。

人堆中间不时传出"嘟嘟"的叫声。只见一个釉罐子里，两只深棕色小虫斗得正欢。它们的牙齿紧紧地绞在一起，顶撞着，翻滚着，进行着生死决斗。如果不把一只蛐蛐逐出罐外，这场格斗就不会停止。

每个孩子都渴望拥有一只能打胜仗的蛐蛐，它带来的不仅仅是观看角逐时的视觉刺激，更有那扬眉吐气的成就感和荣誉感。如果你有一只称王称霸的蛐蛐，仿佛你的身份地位也跟着提升了，会赢得很多羡慕的眼光。

为了能捉到一只好蛐蛐，我常常走很远的路。从我家向西走不远，就是郊区。护城河拐一个弯儿，向南去了。河边长满了茂密的槐树棵和红荆条，长长的枝条向四周蓬散着，下面是腐叶和潮土。树棵、荆条和腐叶下边，就藏着很多蛐蛐。

秋日的午后，那里边各种虫儿叫声一片。对我来说，其中蛐蛐的叫声就是世界上最好听的音乐。

小学和初中的那几年里，我不知多少次到护城河南的树丛中捉蛐蛐。每当我沉浸在那片浓密的树丛中时，就忘记了一切，进入了一个人的小天地。

钻进密密的树丛，里面散发着腐草败叶的气味，我不在乎；蚊虫叮咬得胳膊和腿上泛起红斑，我浑然不觉。我常常把时间忘了，一个下午不知不觉就过去了。

我一边用手拨草叶,一边用嘴吹气。如果发现一只被惊动跳起的小虫,就猛地用手捂住。每当我抓住一只大蛐蛐时,那个高兴劲儿啊,就仿佛拥有了整个世界。

渐渐地,我懂得了区分蛐蛐的优劣品种。从颜色上分,有黑、红、褐三种;根据头上的斑纹、翅膀的宽窄、牙齿的大小,又分为不同的等级。一般来说,善战的蛐蛐都有与众不同的"长相",如"白眉"(额头处有一道白斑纹)、"单鞭"(头部只有一根长须)、"乱翅"(翅膀没发育好,叫声沙哑)、"白马牙"(牙齿奇大,呈米白色),等等。

我始终没有捉到过一只能够给我带来荣耀的优良品种,直到那一年的那一天……

一个暑热尚存的午后,我越过护城河,沿着河边向南,再向南,直到看见了铁路。我听说,真正"厉害"的蛐蛐往往会躲在枕木的下面、死人的坟里、砖头的缝隙、草木的深处。

我在一处杂草丛生的地方小心倾听着,仔细搜寻着,常常有小蚂蚱、黑蜘蛛、屎壳郎之类的小虫扰乱我的视线,甚至猛地蹦起一只癞蛤蟆,吓得我头皮乍起,身子后仰。即使这样,我仍锲而不舍。

秋收时节，正是蛐蛐交配育种的时候。大白天，雄蛐蛐会发出一种不同于夜晚欢歌似的求偶叫声，那是一种既舒缓又急切，既兴奋又伤感的声音。有经验的捕虫者，就是根据这种叫声来判断它的位置，甚至是品种的优劣、个头的大小。

突然，一个声音传进我的耳朵，感觉这是一只大家伙。那叫声十分沉着，有厚度，带有金属的回音。我循着声音轻移脚步，慢慢把头探过去，侧耳倾听它的准确位置，一点点，靠得近些，再近些，几乎把耳朵贴到了地面。

虽然我尽量不弄出声响，可还是被蛐蛐察觉了。它不再叫，似乎感觉到一种无声的危险正在逼近。于是，它在听，在等待，而我也在等待。

我两手撑着地，侧耳、屏息，坚持着，不出声。虽然其他地方还混杂着各种昆虫的叫声，但我觉得，一时间四周寂静无声，似乎整个世界都沉寂了。我知道，这只大蛐蛐要求偶，要交配，就必须通过叫声来吸引雌虫。

我的两只胳膊已经撑得又酸又麻，但仍忍着不动。此时，脑海里像屏幕一样，浮现出那个与我僵持的蛐蛐的形象：这是多么美丽健壮的一只大蛐蛐啊！金翅、红头，两条长长的触须就像古代武将头盔上的长翎，黑黑的眼睛像镶嵌在紫色玛瑙上的两粒黑芝麻。两条健壮的后腿，就像是用玉石雕刻而成的，上面印着一层黑色的斑纹。后腿上的一排小刺紧紧抓牢地面。是的，它要是和同类撕咬起来，一定是紧紧蹬住地面的。再看两只尾须，又长又尖，上面还有一层细密的绒毛。最神奇的还是它那两颗大牙，既厚重，又锋利，就像"黑旋风"李逵手中的两扇板斧。我想，假如它张开两扇牙，任何同类都会败在它的牙下，不是被咬断了腿，就是被掰断了颚。

就是靠着想象的力量，我一直支撑着。小虫的叮咬、腐叶的气味、闷热和潮湿，都没有让我动一动。我想：我一定要抓住你，这个"红头大王"，我要让全院孩子的蛐蛐都败在你的牙下，我要让所有的人都因为你而羡慕我！

我心里还念叨着：老伙计，你认输吧！你再叫两声，好让我准确地判断出你的确切方位，最好是你直接蹦到我的小玻璃瓶里！我要把你带回家，给你吃你最爱吃的玉米、绿豆，把你喂得胖胖的，还要让最美丽的母蛐蛐给你配种，甚至可以让你像国王一样享受"一夫多妻"，只要你喜欢；我要把你的生活环境布置得同野外一样，只要你需要，一切我都可以做到。只是有一条：我要带你出征，向一切雄蛐蛐宣战，用你那锋利的牙齿和健壮的后腿以及勇士一般压倒一切的气概，将所有的对手打败，为你，也为你的主人赢得荣誉！

不知过了多久，那蛐蛐终于忍不住，试探性地"嘟嘟"叫了两声。我仍不为所动，因为我感到这叫声是从某个洞穴深处发出的，还没有到达地表，因而位置还是测不准。

"嘟嘟，嘟嘟"又叫了几声。这只蛐蛐没有听到什么异响，以为危险已经过去，就钻到洞口放心大胆地叫了起来。

准确地锁定了这只蛐蛐的藏身之所，于是我迅速起身，将蛐蛐周围方圆一米范围的杂草清理干净，然后一点点地扒开石块、浮土，还不时地吹出一口口气，随时盯紧周围的任何一点动静，同时把一个用铁丝编的罩子举在手中。

突然，一个蛐蛐高高蹿起，向旁边跳跃。我猛扑上去，用罩子捂住了，心里高兴极了，没想到一下子就把它抓住了。拿起一看：很扫兴，这是一只雌蛐蛐，尾巴上有三根叉，其中一根是用来把受精卵深深地扎入地下的。第二年的这个时候，那些受精卵会钻出地面变成幼虫，再经过几次蜕皮，就会变成它们父母的样子。

我真想把这只雌蛐蛐摔在地上，但转念一想，这也许是"红头大王"的原配，它肯冒着生命危险吸引我，让它的丈夫脱身，也是高尚之举，还是把它留下吧。这样想着，就把雌蛐蛐装进了一个事先准备好的小纸筒。我知道，它的夫君已经躲进了洞的深处。

继续围捕"红头大王"。当我拨开石块和浮土，一个黑黑的洞口暴露出来。用草棍向里捅，不见底，没动静。于是，我向洞口撒了一泡尿，仍不见雄蛐蛐露头。我不顾脏，用手指抠，这洞却横向延伸，说明尿水流到了别处，根本威胁不到它。

搜索范围进一步扩大，继续挖洞。终于，它被我发现了！在一小丛草根底下，隐隐露出一个黑油油的头，两条长须还偷偷摇了两下。它躲在另一个支洞的洞口，以为我没有发现！

我紧张得头皮发麻，心跳几乎停止了。我没有继续扒草挖洞，而是找了一个稍长的草棍，从蛐蛐后部的洞向外慢慢捅，同时把铁罩子轻轻罩在洞口处，果然，雄蛐蛐忍受不住来自尾部的袭扰，猛地钻出洞穴。不过此时，它正好钻进了我为它准备好的铁笼，自投罗网。

这下我看清楚了：这只蛐蛐的头没有我想象的那么红，而是呈深褐色，浑身像涂了一层油一样发亮，个头大、脑袋大、牙齿也大，犹如一只大大的金龟子。

我小心翼翼地将它装进一个随身携带的玻璃瓶，凯旋。到家时，已是夕阳西下。

因为这只蛐蛐的后脑处有几条浅褐色的斑纹，我把它称为"大麻头"。它在我最心爱的蛐蛐罐中休养了几天。据说好蛐蛐是不能经常拿出来斗的，它会疲沓。要让它静养、独处，在黑漆漆的环境中修心养性。为了提高它的身体素质，我给它喂了上好的芸豆、绿豆。

一周后，我捧着我的"斗士"出场了，向大院里那些拥有好蛐蛐的伙伴发出挑战。这种挑战往往是一呼百应。小胖拿来了"单鞭"，大强取出了"乱翅"，老瘪搬来了"白眉"。经过一场场恶斗，它们纷纷败下阵来。我的心里就像大热天吃了冰镇的西瓜，爽！

我的这只"大麻头"，个大，牙大，两只后腿在角斗中用力后蹬，直到把对方拱到角落，然后一甩头，就把对方甩在一边，甚至甩出罐外。有时，它低俯着身子，擦着地皮进攻，将对方掀起来，摺到一边。它的进攻堂堂正正，不像有的蛐蛐，油头滑脑，不敢正面进攻，而是绕到人家的尾巴后面偷袭，咬一口转头就跑。

大强的"乱翅"最擅长这一招，它跟"大麻头"打起了游击战，有一次差点啃到"大麻头"的尾巴。"大麻头"对付这种战术也没有多少办法，只好左旋右转地与"乱翅"兜圈子。终于，它找到了办法。当"乱翅"又一次抄后路时，"大麻头"没有动，似乎是来不及转身的样子，"乱翅"试探一次发觉有门儿，猛扑上去，张开两只紫牙向前一冲。没料到"大麻头"用它那强有力的后腿一个反弹，就把"乱翅"踢得滚了一个跟头。它再也不敢耍滑头，乖乖败下阵来。

我的"大麻头"轻易不叫，不像有的蛐蛐，还没与对方交锋就先虚张声势地叫半天。而它只有等到最后打败对手时，才吹响几声胜利宣言式的"号角"，那声音嘹亮、深沉，金钟一般，在罐内似有一种共鸣。叫完了，便捋一捋两根长须，慢慢地踱步，绝对是大将风度。

本来，我在院子里无论是弹玻璃球、撞拐，还是打杂、下军棋，都不出色，但自从有了"大麻头"，终于有了扬眉吐气的机会。院里很多同龄孩子都知道我有一只"大麻头"，只要有人捉到新的好斗蛐蛐，而且是胜了几场的，就搬来与"大麻头"过招。

有时，还有外院的孩子拿蛐蛐来斗。每一次与"大麻头"交锋，就像是发生一件大事一样，孩子们围得里外好几层。当我捧着那个专为"大麻头"买的雕龙挂釉的蛐蛐罐出来时，众人都张罗着："让开让开，让'大麻头'进来。"

"大麻头"又赢了。我得意地说："下次拿个更厉害的来，这种不经斗的软货，纯粹是浪费时间！"别的孩子也跟着一起说，它怎么能跟咱们的"大麻头"相比呢！在众人的哄笑声中，来人灰溜溜地走了。"大麻头"成了全院孩子的骄傲。

后来，"大麻头"的肚子越来越大，跟许多雌蛐蛐配了种，走路也失去了早先的灵活和机敏，慢吞吞的，咬完一场架，牙齿半天合不拢。

冬天来了，尽管我给"大麻头"在罐里铺了棉花，常常放在火炉边给它取暖，可它还是在一天早上死去了。

我把"大麻头"放进了一个小瓶子，在离家不远的一片树林里把它埋葬了。堆个小土堆做记号。从此，我也失去了骄傲的资本，很久打不起精神来。

怀念你，"大麻头"！怀念你们，少年时的伙伴！

（作于 2009 年 5 月）

上编·生之情景

恰同学少年

人生,就像一辆飞驰的列车。车厢内,同行旅客的身份在不断地变化;车窗外,奔来眼底又悄然退去的风景也常换常新。有很多景物我们来不及细看,就已经白驹过隙。

然而,无论是谁,往往对人生最初阶段的那些同行的伙伴、那些美好的景物,记忆清晰、印象深刻。

一转眼,大学毕业快三十年了。当年莘莘学子读书求知、拼搏奋斗的种种情形,时常萦绕于脑际。

20世纪70年代末80年代初,我们的国家上上下下充满了改革的气氛,百废待兴,人人充满朝气。大家都憋着一股劲儿:拨乱反正,振兴中华,尽快实现祖国的现代化。

作为恢复高考后的第一批大学生，我们每个人都怀有一种使命感，大家刻苦学习、积极进取，学生社团纷纷兴起；墙上贴着各种小字报；阶梯教室里经常有社会名流、专家学者的讲座；图书馆里永远座无虚席，需要提前占座才不会白去。大学校园里，到处是一派朝气蓬勃的景象。

在这里，我举出三样东西，作为那个时代的物证，把我们重新带回那段难忘的日子里，让大家一起回想和品味。

一本刊物

刚入学时，很多同学都怀着当作家的梦想，伤痕文学的春风在南开大学校园里刮得很盛，文学写作课老师的课程深受同学们的欢迎。大家纷纷写诗歌、写小说，甚至创作电影剧本。

于是，同学们就有了一种把自己的作品让大家共同欣赏、相互交流的需求，一本油印的刊物应运而生。

在我家的书柜里，至今仍保留着那本由南开大学中文系学生们自发出版的油印刊物，刊名《南开园》，里面登载着七七、七八级同学写的小说、散文、诗歌等文学作品。

我有一定的美术基础，于是接到一个任务：给这本新生的刊物设计一个封面。我花了几个晚上的时间，终于完成了任务。我设计的封面是这样的：一个握笔沉思的女大学生的侧面头像，背景是南开主教学楼，墨绿色的底色如同夜空，黑白分明的头像显得十分突出。

因为是用油墨印刷的，开始效果很好，但用手一摸就会掉色，有时绿的黑的油墨沾在手上，洗都洗不掉。但这并不妨碍刊物在同学中的广泛流传和好评，因为里面刊载着很多同学的处女作。

一幅国画

这是一幅长约五米、高约一米的巨幅中国画，曾经悬挂于南开大学主教学楼一至二层之间的那面墙上。

大学四年级的时候，"五一"国际劳动节快到了，我们几个美术小组的同学商量，画一幅大的中国画，节日期间展示出来，以反映新时代大学生的精神风貌。

为了画好这幅画，我找到过去在美专上学的同学，搜集了一些创作素材。最终，由我和同班的杨同学、七九级的白同学等执笔，将这幅中国画完成。

画面上，一株苍劲的松树斜卧巨石之间，数只雄鹰栖于树枝上，它们或近观，或远望，或昂首，或鼓翼，个个精神抖擞，英姿勃发。旁边还有松、竹等象征中国文人气节操守的植物。

画作完成了，需要有一句代表新时代大学生精神气质的题款，于是在同学中小范围征集。多位同学送来了佳句。最后，选定了李同学奉献的两句诗："振翮欲翔云汉外，鹏程万里在胸中！"

这幅画一挂出来，就吸引了众多同学的目光。不仅仅因为它有一定的观赏性，更因为它的内涵代表了那个时代大学生的精神风貌，所以，它在主楼的那个位置一挂就是五年。

大约五年后，我有一次去南开，在主楼的楼道内又见到了这幅国画，虽然画面已经有些破损，而且从墙上摘了下来，放在了二层楼的大厅内，但是从这幅画被悬挂五年的事实，说明该作品无论从观赏性还是内在寓意来说，都得到了校方的认可，成为我们这一届大学生在南开大学生活的一个见证。

一册诗集

说是诗集,有点牵强,因为里面还有一些格言、警句、祝福的话语。

这也是一本油印的小册子。

1981年年底,七七级临近毕业,有同学提出搞一本留言纪念册,每个同学都可以在里面留下一段话,表达即将分别的心情。小册子将记录下,曾经有这么一群年轻人,在这所大学里共同学习了四年,结下了深厚的友谊。多年以后,如果有谁还保留着这本小册子,翻看一下,一定会觉得很有纪念意义。

小册子取名《地平线》,意为我们将面临新的人生起点,开始新的征程。每个人都可以留下几句诗、一段话、一句祝福语、一个愿景。在封面上,南开主楼的剪影屹立于春天的土地上,几株小小的嫩芽刚刚破土,"地平线"三个清秀隽永的行书字,是班里女书法家汪同学的手笔。

在小册子内,有当时的系主任邢公畹,老教授朱维之、王达津先生的题字。全班几乎所有同学都在上面留下了自己的心声。

之后,大家带着这本小册子,告别了同学,告别了南开，走上了各自的工作岗位，开启了新的人生之旅。

相信，大多数同学还保留着这本小册子。如今，再看到里面的话语，一定会情不自禁地重温起那一段充满朝气、充满理想的日子。

（作于 2010 年 2 月）

玉渊潭情思

五月的一个下午,我来到了位于中国人民革命军事博物馆北面的玉渊潭公园。

正值晚春,公园里洋溢着清新的绿意。八一湖边的柳帘一层叠着一层;石径旁的草坪碧如绿毯;遍布各处的苗圃里盛开着各色小花。那些树儿花儿草儿,在微风的吹拂下有节奏地摇着头,仿佛用"美丽的呐喊"进行着一场春天的大合唱。

浓浓的春意让我心醉,然而,更让我心醉的,是我和这座京西名园的青春故事,以及由此带来的绵绵情思。在我的生命历程中,有很多故事都是同"玉渊潭"这个好听的名字叠印在一起的。

画家梦

三十八年前,我第一次走过玉渊潭南面的小桥。那时,玉渊潭地区还是个"公社",遍布着农舍、菜田和小树林。八一湖上芦苇茂密,时常有野鸭在湖中游弋。湖的东北面是钓鱼台。

1977年年初,我刚刚从天津工艺美术学校毕业,被派到军事博物馆布置展览。当时"文革"结束,已停顿多年的中国革命战争历史陈列展览,也在准备恢复之列。于是,有关方面从全国各地抽调来美术工作者,计划用一年左右的时间完成军史陈列布展工作。

我所在的天津美术公司承担了"抗日战争馆"的整体设计和展品陈列工作。作为一项重要任务,公司全力以赴,绝大部分员工先后来到军博参加布展。公司里几个和我一般年纪、一样经历的年轻人更是常年驻守在军博,承担了锉字、刷漆、喷涂、制作展品等工作。

虽然我们做的事情跟艺术创作不沾边,但几个年轻人的心思,早就被那些知名画家和他们正在创作的作品吸引去了。

当年的军事博物馆会聚了全国众多优秀美术创作人

才。除了原来就在军博工作的军人画家何孔德、高虹、彭彬、许宝中之外,还有来自中央美术学院的靳尚谊、韦启美、尹戎生;来自上海的陈逸飞、魏景山;来自北京的张文新;来自广州的汤小铭;等等。这些画家在"文革"中大多被下放劳动,无法从事创作,如今有了这样的好机会,每个人都怀着极大的热情投入创作,一批反映革命战争历史题材的美术作品应运而生。比如陈逸飞、魏景山创作的《占领总统府》,韦启美创作的《青纱帐》,张文新的《一往无前》,彭彬的《遵义会议》,尹戎生的《夺取全国胜利》,许宝中、李泽浩的《战友》,等等。

当画家们创作这些作品的时候,我们常常可以在一旁观摩。我们还时常溜进一些画家的画室,目睹大师们为了创作的需要,画静物、画人像、画创作草图。对我们几个初出茅庐而又充满艺术憧憬的年轻人,老一辈画家都很宽容和蔼。

大师们的风采、学养以及对于艺术孜孜以求的精神,给了我们巨大的榜样力量。我们也利用业余时间,如饥似渴地进行绘画基本功练习。春夏的傍晚,我和年轻的同事们常常背着画夹来到玉渊潭公园画风景写生。玉渊潭一带充满乡野气息的树林、草地、丘陵、湖面以及傍晚时分色彩变幻的云霞，都是我们最好的写生题材。夏季天亮得早，我们就早早起床，来到八一湖边画一幅小油画，然后再回来吃早饭。

到了冬天，我们就在宿舍里摆放石膏像，像上学时那样，在夜晚的灯光下画素描，或者互相做模特进行人像写生。几位公司里的老师傅，都成了我们的写生对象，几乎让我们画了个遍。画完的习作就挂在墙上，互相切磋。

每个人都可以对他人的作品进行点评，毫无保留地交流见解和体会，为的是共同提高艺术技巧和鉴赏能力。那些知名画家也没有架子，愿意把自己的心得、技巧传授给年轻人。有的画家还亲自来到我们宿舍，对我们的习作进行点评。

那是一段多么令人难忘的日子啊！我们正年轻，朝气蓬勃，满怀理想。那还是一个激情昂扬、充满进取精神的年代，中国刚刚摆脱了"文革"的苦难，虽然人们的生活简单清苦，但看不到抱怨和沮丧，每个人都怀着对新生活的向往，每个人的脸上都洋溢着希望的光芒。

在军博的大家庭里，画家们感到获得了新的艺术生命，年轻人则怀着梦想，准备扬帆远航。如同欧洲的文艺复兴，当时的中国大地正在迎来科学的春天，艺术的春天，各行各业的春天。

青春曲

青春岁月，总会伴随着一些春心萌动，儿女情长。

1977年春天，军事博物馆里进驻了一批青年军人，他们是为了展览的需要，新近招聘的讲解员和后勤工作人员。

青年军人有男有女，以女兵居多，男兵英俊潇洒，女兵眉目清秀。女兵们虽然穿着宽大的军装，但掩不住苗条的身材和清纯的气质。红帽徽、红领章，无檐的军帽下露出乌黑短发。她们排着队上课，唱着歌出操，给军博大院增添了明亮欢乐的青春气息。

同是青春年华，同在一个大院，难免产生交集。或者是某个早上进饭堂的路上，或者是某个下午在展厅工作的场合，偶然相遇，四目相对，如同风吹水面，波纹荡漾。

某个身材苗条的女兵曾经勾起了我心中的遐想，但也只是停留在惊鸿一瞥。比起艺术梦想，春心萌动只是偶然的小夜曲，我的大部分心思还在工作和美术上面。另外，我和几个年轻伙伴心里都清楚，那些女兵是天上嫦娥，可望而不可即。因此，没有人做进一步的尝试。"爱情"在我们几个艺术信徒的心里，还有些遥远。

当年，我的笔记本上抄录着这样的诗句："为了美好的理想熊熊地燃烧，我把这纯洁的爱情悄悄地珍藏……"

岁月的脚步匆匆。展览结束后，我回到天津。后来我参加了高考，上了大学中文系。再后来，我被分配到了北京，做了一名新闻工作者。其间，我的画家梦渐渐远去，作家梦渐渐显影，但无论生活怎样变化，"军博、玉渊潭、大师、女兵"，如同一本青春相册，已经深深地留存在我的记忆里。

当年的我"珍藏"了爱情，但该来的终究会来。月下老人在不知不觉中为青年男女做着某种安排，只是我们自己不知，事后才如梦方醒，恍然大悟。

当21岁的我行走在军博和玉渊潭之间小路上的时候，一个16岁的少女也常常来到玉渊潭的湖边晨读。也许，我同她曾经在某个早上邂逅，但却擦肩而过。

谁能想到，多年之后，这个少女却成了我的妻子。她就住在军博附近一个机关家属院里，就读于玉渊潭中学，她的同学有不少是军博工作人员的子弟，其中一个就是我所崇拜的画家何孔德的女儿。

这个世界说大真大，说小真小。6年以后，我在别的地方转了一大圈儿之后，又回到了军博和玉渊潭。不同的是，我的身边多了个女朋友。我和女朋友一同参观军博抗日战争馆，我指着一个展板对她说："这上面的字，都是我和同事一个个贴上去的……"

我们像其他恋人一样，漫步于玉渊潭的花前月下。某个冬日的夜晚，在玉渊潭的小河边，完成了我们的初吻。

结婚后，我曾翻看妻子的相册。一张四寸黑白照片引起了我的好奇：一个女学生站在军博大楼前。她梳着那个年代流行的羊角辫，穿着格子上衣，裤腿下面露出黑色的偏带布鞋。这个看上去有些稚气的小姑娘，怎么也难同我的妻子联系在一起。然而，她就站在那里，似乎是在等待着多年后的我。

后来，我的小家也安在了军博附近的机关家属院里。再后来，我们有了自己的儿子。玉渊潭又成了全家人周末游玩的地方。玉渊潭的游乐场、八一湖的游船、樱花园的小树林，都留下了我们一家人欢乐的身影。

……

时间来到了2015年。玉渊潭公园几经变迁，少了原始的粗犷，多了现代的精致。军事博物馆也开始了新一轮修葺，原有展览已全部撤除，新的展览正在酝酿。

来到军博大门前，望着主楼尖顶上的五角星，我在想，也许，一批美术工作者正在里面为新的展览做着准备，其中，也会有一个青年，就像当年的我，做着青春的梦，哼着爱情的歌。

也许，他也遇到了一群青春靓丽的女兵？

（作于2015年5月）

我的时装消费"启蒙"

早年,我基本上在贫穷的环境中长大,衣食仅够温饱,因而并不讲究吃穿。尤其是"穿",只要没挨冻就不错了。青春期的我,从不知服饰美是什么。

那时我们接受的教育也是要勤俭节约,艰苦朴素。谁的衣服补丁多谁最光荣,穿得好了反而被认为有"资产阶级思想"。相当长的一段时间里,我都认为一个人的价值不应体现在外表,尤其不应体现在衣冠上。多年来,我的穿着极为随意和朴素,从来不买衣服。母亲会裁剪缝纫,常买布自己做衣服。上大学前,我几乎没穿过带商标的衣服。大学毕业参加工作后,也是一身蓝布制服,多年一贯制。

当社会上的穿着意识悄悄地发生变化，甚至已经翻新几代的时候，我依然无动于衷。我的一件蓝上衣是大学毕业参加工作时母亲为我缝制的，穿了近十年；另一件上衣如同商店售货员的工作服，常遭同事笑话，我却照样穿在身上，在众人不屑的目光下昂首阔步。

妻子看不上眼了，常批评我丢她的脸。她参加亚运会，单位发了一件白色尼龙绸"阿迪达斯"夹克衫，特意要了个大号的给我穿，我却压了箱底，仍抱着蓝制服不放。后来妻子硬逼我穿上，没想到单位里很多人对我投以惊讶的目光，一看是名牌，赞不绝口，我也觉得美滋滋的。

冬天的军大衣穿着笨，妻子又不打招呼给我买了一件蓬松棉夹克棉袄，穿上以后许多人都说"合适""精神"，还打听在哪儿买的。我自豪地告诉他们："老婆给我买的。"人家都说我老婆会买衣服。

后来我发觉，买衣服果真是一门学问。那年，有个到深圳出差的机会，妻子嘱咐我多买几件好看的衣服，并告诉了我尺寸、款式，我嫌麻烦，不记。妻子骂我："真不开窍！我是没机会，我要是能去深圳，不知要买多少件，我逛商场没够，看到别人在深圳买的漂亮衣裳，羡慕死了。让你给我买,还真不放心。"我也感叹老天不公,让不会买时装的我出差深圳,而想买、会买的老婆却去不成。

到深圳后我最怕逛时装摊儿,那里的衣服价钱高得吓人,要跟人家砍价,砍多了怕人笑话,砍少了又怕吃亏。无奈使命在身,只好硬着头皮去砍价。买衣服时怕自己一个人底气不足,便拉上同伴一起去。见摊儿上五花八门、颜色艳丽的各式服装,眼晕,挑来挑去也没买一件。

幸好,一次参观羊毛衫厂,人家答应以低于出厂价的折扣卖一些,这下我放心了,想这回买的衣服肯定赔不了,下狠心一口气买了四件,把500元钱全部花光,心想总算能回家向老婆交差。

哪知后来有懂行市的人说,这些羊毛衫和短大衣款式一般,价格也不便宜。拿回家后果真老婆没看上眼,有两件差点窝在手里处理不出去。

因此,我怕逛商场,尤其怕逛时装店。跑了趟深圳,那么多男式服装,竟没给自己买一件,以至于回京后仍要时常穿蓝制服。

在街上走,发觉我真的落伍了,街上除了衣衫褴褛的民工外,几乎没有穿制服的了,就连上了年纪的老人家也弄件夹克衫、猎装什么的，这时我才感到必须要换换装了。

于是，我主动让妻子帮我物色一件，妻子则埋怨我去了趟深圳也没给自己买一件，到现在抓瞎。最后还是在小摊上买了件无领绣花蓝皱布夹克，背后的图案是用黄线绣的狮子，挺时髦的。

我立即穿在身上，人前行走不再感到落伍。但这是我仅有的两件外套之一，除此以外的中山装、蓝制服，感到穿不出去，也不愿穿了。这件夹克衫一直穿在身上，过年都没脱。

年前，领导给了我一个出国的机会，赴日考察，好差事，发了500元制装费。平时穿什么无所谓，要出国才发觉，竟寒酸得拿不出一件像样的衣服。人配衣裳马配鞍，在国内穿什么无所谓，到了外国就不行了，中国人的脸让咱来丢可丢不起，于是，开始置办"行头"。

一下子发觉该买的东西太多了，除西装外，还要买衬衣、皮鞋、领带、时尚便装，甚至领带夹都要配备。

衬衣以往穿过的都不行，要名牌，高档的，还要多买几件，省得洗。领带的质地也得讲究，打上后要在领前有一个小鼓包，标准的三角形。

为此，我还特意花几个晚上，学习怎么把领带打得标准、气派，有时看电视手也不闲着。

那些天断不了跑商店。西单夜市、长安商场、菜市口爱德康服装店，都转了。突然发觉买件称心像样的服装还真不容易，有时要跑好几趟，不是款式不满意就是大小不合适。此外，颜色、价格也是考虑因素。

我变得像出嫁前的姑娘给自己置办嫁妆那么用心、挑剔，向妻子布置了如下的置装原则：不买则已，要买就得高档，不怕多花钱，就怕货不好。这样一来，钱就流水般花出去了。

爱德康西服样子还可以，经理是妻子同事的妹夫，可以给折扣。经理顺手提起一件："这套怎么样？德国版的，小庄穿上准精神。"

套在身上一看，上衣老长，裤腿耷拉到地。人家德国人人高马大，腰也细，穿西装精神，而我穿上，所有的西服裤都系不上腰扣，裤腿也都特别长。

经理又拿了一身："美国版的，再试试。"穿上还是腰瘦。

我说："看来只有日本版的才合适，粗腰、短腿。"说得大家哈哈一笑。

最终买了一身，裤子留下，让店里把腰放出来，裤腿裁一截，才解决了问题。

买了衣服才知道，高级服装得高级保养，用衣架挂在衣柜里，再不能像过去那样随便码放。穿在身上也格外注意，走路站立怕弄褶了、蹭脏了。

过年时，我穿上西服像变了个人，但也不如以往自在。大年初一上孩子姥姥家，回来时骑车，夜里下起小雪，西服沾上一层水珠，心疼得直想骂街。

经过近两个星期的采买，才觉得手头有了几件拿得出手的"行头"了。

一算钱，花了一千多元，方知服装消费是一项重要开支。以往工资虽不多，但钱没处花，每月总能存几百元，现在才知道，那是一项大的消费领域没有完全打开。

自打牛仔裤流行以来，我没穿过，现在都快过时了，为赶潮流之末，也买了一条。

我的消费观也慢慢发生了变化：以往最烦逛商场，老婆让我试衣服就烦；如今也爱凑到时装摊前砍砍价；以往不知自己穿大中小号，如今也略知一二；以往觉得一件衣服要穿烂为止，买多了无用，如今碰到中意的衣服，就像人群中发现漂亮姑娘，不由得就多看两眼，即使嫌贵不买，也要问问价，用手摸摸，甚至穿在身上试试；以往看到同事朋友穿上时髦服装，近乎麻木，如今也要上前评价两句，问问牌子和价格。

出国前经过老婆给予的服装采买"启蒙"，我觉得自己渐渐变得时髦起来，当然还是初步的，但毕竟有了良好的开端。想来，若没有赴日访问的压力，我这个"老土"还不知何时开窍。

有了几件像样的衣服做"库存"后，对那些旧制服越发看不上眼，想象不出过去怎么能穿这种只能在工地、车间劳动时穿的衣服，却走在大街上。

开始嫌它们占地方了，星期天，我整理出来一大包，正好在北京给人家当保姆的表妹要回农村过年，打个电话让她来，把旧衣服全部带走，腾出地方放置新买的衣服，一点儿不觉得心疼，倒有一种甩掉包袱"脱胎换骨"的轻松感。

（作于1991年2月）

沧桑之感

春节假期带孩子到天津父母家过年。短短几天时间,竟然有一种岁月逼人的惶惑之感。

父亲拿出过去家人的影集,有我小时候穿开裆裤的照片,也有父亲当年英姿焕发的肖像,其中一幅是父亲在冬天的树林里手握摄影机、头戴棉帽的留影。

我小时候,这幅照片常年悬挂于家中墙壁,故印象很深,今又见到,问父亲何时所摄。答:1962年。那时父亲30岁。

记得小时候看照片里的父亲,是长辈,是大人;现在再看,简直就是小弟弟。那时的父亲比我现在小六岁。

是啊,我已是临近"不惑"的人,在孩子们眼里,不仅是个大人，而且是"古董"了。细想想，人生不就是这样逝者如斯、代代更迭的吗？

可还是觉得太快了，快得容不得人细细品味，就已经白驹过隙，转眼已过数十年。

人世沧桑的这种变化让我有些不知所措，更加体会到"日月如梭催人老"的古训。我恨不能马上回到自己的小家，干点儿什么事情，把这段空白"虚度"的岁月填上些内容，否则就坐立不安，到后来简直是归心似箭。

常听有人说吃后悔药，慨叹少壮不努力，当年看轻了光阴的价值。如今想来，这也许就是人生常态，是所有人的普遍心理。因为即使努力不虚度，每日拼命追赶，也快不过日月星辰的起落圆亏，就如同那追赶太阳的夸父，累死了还会落在太阳的后面。

对夕阳的感叹，对自然永恒而生命短暂的感慨，就像季节性流感一样，每个人一生中都要得上好多回。

有时候，心理上自我感觉还是个年轻人，突然一件事情触动心思，提醒你：你已不再年轻，你已人到中年，半辈子的光阴已经过去，你已经到了人生的后半段。

提醒你人世变迁、岁月更迭最常见的事情，就是过去的长辈老的老、去的去。由于他们的经历和现状，促使你不得不常常面对死亡，思考死亡，替他们设身处地地想一想死亡的含义和秘密。尽管不能够像长辈本人那样，深刻切近地体验对死亡的恐惧和无可奈何，但从他们的一声声长叹中，还是能听出些什么，悟出些什么。

一个曾经教过我画画的老师，因受一时刺激突发脑溢血，在医院昏迷了五天，地狱边走了一圈儿又回来了，落下了半身不遂的毛病，医生说这是最好的结果。

我去看望他。他可以坐，也可以讲几句简单的话，但眼神呆滞，半身僵直，左手手指像鹰爪一样蜷曲着。他常用右手一下一下去掰那不听使唤的左手，但无用，手指像安了弹簧一样，掰直了，又蜷缩回去。再也看不到老师当年那有力的手势和犀利的目光了，他已成为一架旧机器，一个时刻需要别人照顾的病人。

去年十月，我的堂姐因车祸身亡，留下一个10岁的孩子。一个鲜活的生命就这样消失了，大伯大娘老年丧女，我目睹了他们在这样的打击面前的悲怆和无奈。

这些近在眼前的事情，让我更加真切地体会到死亡的残酷和人们在死亡面前的无能为力。

我曾回津帮助料理堂姐的善后事宜，目睹了从吊丧到火葬的全过程。丧葬业相当红火，黄泉路口如同出生入口

上编·生之情景

一样，摩肩接踵。

农历十月初一是传统秋祭的日子。那一晚，我在外面见到十多处为逝去亲人烧纸的火堆。

死亡，就是这样与人们的生活密不可分，如同影子一样追随着阳光下的人们，它渗透于每一个家庭、每一个角落。

大年初三，中午时分有人叩响了房门，进来的是我的两个舅舅。外面停着一辆轿车，车内坐着我的姥爷。

舅舅是从农村把姥爷拉到城里来看病的。据舅舅讲，姥爷被家乡的医生诊断为食道癌。这是个77岁的老人，十多天前，还带着孙女一块儿上街赶集，走七八里路都没事。说病就病了，从除夕开始，就一天不如一天，起不了床，咽不下食，走路要让人搀着。

家人已经等不及，年没过完，就匆匆送到天津来检查确诊。假如真是食道癌，这样的年纪，这样的身体，恐怕也做不得手术。

几个人把姥爷架进屋。我见他面容憔悴，猫着腰，脸上面皮松弛，如同浸了水的牛皮纸袋。两个耳朵大大的、薄薄的，耳垂几乎变成了一道灰色的褶子。好在老人家精神还可以，跟我聊了一些相面、算卦和易经的话题。

姥爷虽是农村人，但看书并不少，知识很丰富。他叹道："人的命怎么样，全在他脸上。我的命就是吃苦受穷，享不得福。有的人就是这样，劳累一辈子，到了该享福的时候，也就该走了。人抗不过命，天命，这是没办法的事……"

我因为买了当天下午的火车票，要赶回北京，临行前向他告别。他向我摆了摆手，便低头看一本什么书，很平静的样子。

望着他那乱麻般的头发，我想：这次告别也许就是生离死别。

回程的火车上，回忆起了我和姥爷的一些往事。小的时候我摔断了腿，姥爷从农村来到我家，照顾了我好多天。1976年地震时，我回老家，姥爷带着我去拜访他的好友，一位农民老诗人。老诗人抑扬顿挫地用乡音朗诵自己的诗作给我们听，让我感受到，农民当中也有很多传统文化底蕴深厚的人。

记得那天中午，在老诗人家吃捞面。姥爷吃面时不放任何佐料，说放了佐料就损失了这白面条的原味……

去年10月以来的一系列事情，让我切身感受到世事沧桑的变迁，这变迁的体验是那样直接又急促，因为就在身边，所以格外触目惊心。

渐渐地，当看到身边一个个长大了、懂事了的孩子，便产生了一种代际的意识，家族的意识。一种个人渺小，只是作为生命链条的一个环节的意识，油然而生。

过去，前辈们曾经演出过种种人生活剧，如今，我们也在卖力地演着，但终究会像电影一样渐渐隐去、远去。

在人类漫长的历史中，在家族悠久的岁月里，我们每一个个体，不过是一个环节、一个链条，接力赛跑中的一棒，跑完了，交棒。今后，将属于孩子们。当然，目前我们还站在人生的舞台上。

去年秋季，我曾跟随北京向灾区运送捐赠衣被的车队去南方走了一趟。沿途2000公里，我见到千千万万的农民，他们在田地里耕作，在集市上买卖、吵嚷，在公路上骑车行走。车队路过一个个古旧的村庄，看到一个个坐在房屋门口的老太太在做针线活，门口养着鸡或猪。也许，这些老人一辈子也没有走出过省界、县界。她们看到北京来的大汽车，手搭凉棚望过来，交头接耳地议论着。

这些辛勤劳作的芸芸众生，使我猛然间感到了某种伟大和雄壮，这里面有历史，有人生，有各种喜怒哀乐。他们单个人看起来都很平凡、很渺小，但他们的整体却十分厚重，反映着我们民族的某种现状。

　　我想，假如这么多的人都曾经这么辛苦平凡地活了一辈子，你作为他们中的一员，也没有什么可遗憾的了。

（作于1992年2月）

午夜聆听

每晚临睡前,我总要背靠床头看一阵儿书。

为了不影响妻儿,我在过道里支了一张单人床,床头放灯,枕边一摞书,随手翻阅。单人床的床帮很矮,看书时,脑袋只能抵在墙上,脖子梗着劲儿。久而久之,脖子越梗越硬,后墙也磨出了一个浅坑。

慢慢地,我喜欢上这种静夜品读的感觉,甚至把睡前的这段时光看得相当美好。

有时新得一本好书,留着晚上品读欣赏,吃晚饭时便有些迫不及待,那心情好比将要与女朋友约会——有时又好比和小别的妻子共赴鱼水之欢。

急匆匆洗漱完毕,钻进被窝,手把书卷,长舒一口气：好惬意呀!

仰读的日子历经春夏秋，可冬天就难办了。北风从过道的门缝往里钻，不一会儿就把半个膀子吹麻了。只好掉过头，让另一面的大书橱遮挡一下外边的劲风寒气。

床头没了灯，书没法看了。书读不了，可脑子还在兴奋，延续着过去的惯性。

环境变了，一段黑乎乎空洞洞的时间无法填补。

那天晚上，我把一个半导体收音机放在床头。不期而遇，被带进了一个过去未曾认真领略的音乐世界。这个世界令我惊奇，也令我感动。

其实，夜晚临睡前的这段时光之所以宝贵，是因为此时的你已经松弛下来，空虚又有些疲惫。然而，恰恰在这个时候，你离宇宙、离灵魂、离生命的本体最近。

远离了尘世的追名逐利，暂停了无休止又并非本意的劳作，此时的你，大脑还在运转，你会有意无意地同上帝交谈，和自己的灵魂对话。一些稀奇古怪的念头便冒了出来，一些久远的记忆也被唤醒。诸如"你从哪里来，又到哪里去"之类的终极命题，会扰得你既恐惧，又伤感。

就在这情感脆弱的时候，你戴上了耳塞，打开调频广播，一段大提琴悠扬婉转的旋律莫名其妙地流进你的耳鼓，淌入你的心田，在你的五脏六腑七窍八脉间穿梭游走，你的感觉怎样？

四周是寂静的空间，已近子夜时分，北京音乐台一个听起来非常清纯的女孩子，用低低的、倾诉般的语调和你谈心、与你交流，她时而用故事，时而用音乐，拨动着你的心弦。

仿佛夜半降临的仙女，她就靠在你的身旁，把一曲曲美妙的音乐送进你的心田。你可以尽情地流泪，也可以自由地遐想，甚至可以通过音乐向这个女孩子倾吐心声。你无须害羞，也不必掩饰，她既可以是你的心灵圣母，也可以是你的情感侣伴，只要适合你现在的心情。

高低婉转抑扬顿挫的旋律，仿佛一下子变成了你的语言，你的心声。顷刻，那沉重雄浑的交响乐，如同洪水一般灌进你的身体，上下冲撞，如惊涛拍岸；刹那，那婉转的小提琴旋律，又像婴儿啼哭、少女低吟，九曲回环，丝丝入扣。你被音乐之神引领着，忽而遨游于蓝天白云，忽而流连于碧海沙滩；忽而坠入大峡谷，忽而飞临大瀑布……

自然之绚丽、宇宙之神奇，电影一般在你的脑海里掠过。此时，你会觉得与日月同在，与自然共存。一瞬间，一种永恒的美妙的感觉拥抱了你。

在这种感觉里,你慢慢进入梦乡。

已经说不清是醒着还是在梦里。似睡非睡、将醒未醒之间,你似乎触碰到了生命的奥妙:你的存在,你的本身,就是你所感知的一切。

第二天清晨,当你从睡梦中醒来,昨晚的一切已经消失。你忽然想起,要送孩子上学校,要给某人打个电话,一篇命题文章还没做完,还有两封信需要发出……

于是,你又像上紧了发条的时钟,马不停蹄地开始了新的一天。

(作于 1993 年 11 月)

上编·生之情景

恨别鸟惊心

中午时分,我走进了已经离开十多年的新闻单位大院,在一座灰色办公楼前驻足。

三十多年前,第一次站在这座办公楼前。那时的我,作为一名大学毕业生前来报到。刚刚踏上工作岗位,踌躇满志,对未来充满憧憬。三十多年后,作为一名归来游子,我重新站在这座办公楼前,有一种恍若隔世的感觉。

面对眼前熟悉的景物,我想起了一段往事:

那是一个秋天的早晨,我正在灰楼前的树下晨练。忽然,一只小鸟跌跌撞撞地向我飞来,从我的头顶掠过之后,一头撞在办公楼的玻璃窗上,又顺着墙滑到地面,落在我的脚边。

它显然已经耗尽了力气，当我把它抓起来时，它连挣扎逃跑的力气也没有了。

我把这只红嘴红爪、身带雨花点儿的小雀儿带回家，放在笼里养了起来。

此后，它伴随着我和家人一起度过了半年多快乐的时光。我把与它相处的那些故事，写成了一篇散文：《红嘴雀》。

如今，再次来到与红嘴雀邂逅的地方，已物是人非，心爱的鸟儿早已离开了这个世界。

相对于人，相对于我的生命而言，鸟儿的生命是短暂的。数年时间，在我生命的长河里只是几朵浪花，于红嘴雀，却是它的一生，它全部的生命岁月。

虽然如今红嘴雀早已化为尘土，什么痕迹也没留下，但它在我的记忆里却如同一道彩虹，一束流星，未曾泯灭。它那鲜活的身影，它尖利的叫声，它用小嘴紧啄我手指的感觉，它吃小米时摇头晃脑的神情，它在水洼里扑棱着翅膀洗澡时的欢愉姿态，它眯起眼睛假寐时顽皮的样子，无一不在我记忆里留下美好的印象。

尽管红嘴雀体形很小、生命短暂，可是在它活着的日子里，却散发着自己的活力，洋溢着独有的精彩。相对于松的静默、龟的长寿，红嘴雀的欢愉和精彩，别有一番亮丽。唯其短暂，愈显珍贵！

我，作为一个比鸟儿长寿得多的生命体，经历的事物当然要比鸟儿纷繁得多，复杂得多。我见证了不止一只鸟儿、狗儿乃至马儿的生命过程，于是我有了更多的生命领悟、更多的世事感叹。

然而，相对于比我的生命更为长久的事物：陆龟、古树、河流、山川以至于地球、宇宙，我又像是一只渺小的鸟儿。那些比我的生命更长久的事物，在我之后许多年仍将恒久地存在。不管那恒久而邈远的大自然有没有感知的能力，它无疑会见证更多的生命轮回、更多的世事沧桑，乃至星移斗转、宇宙洪荒。

岁月，是大自然的日月晨昏，是万事万物的生命轮回，也是人类社会的潮起潮落。

在饭堂就餐时，我像一个置身世外的人，目睹着周围熙熙攘攘的众生。我看见了曾经与之共事、与之交谈、与之发生过各种各样联系的人们。

他们并没有注意到我，我却在观察着他们：一个二十多年前在香港有过短暂接触的女性，当年的她，是个参加工作不久的小姑娘，如今已是一副妇人体态；一个曾经年轻英俊的保卫干部，如今已是一脸皱纹；一个当年颇有风韵的中年妇女，如今已是满头白发……他们都那么神情专注地沉浸于眼前的事物，有的在挑选菜品，有的在同别人谈笑，有的在注视着布告栏里的信息。

此时此地，纷繁忙碌的人们，共同构成了一幅当代世俗风景画。

"感时花溅泪，恨别鸟惊心。"经历了世事沧桑，在忽然回望的这一刻，竟如此真切地感受到岁月的痕迹，不由得让我心生对当下的珍重，对永恒的敬畏。

（作于 2013 年 6 月）

和亲人在一起的日子

近两年,我的生活重心从南方转到了北方。经过十多年的漂泊之后,又回到北京的小家。

一下子闲适下来,有些不习惯,于是找了一份不必每天坐班的工作,但总体上处于居家赋闲、无事一身轻的状态。

当你无须再为生计奔波,不必每天在职场上拼搏,那些曾经的欲望追求一下子就变淡了。生活简单了,也变得本真了,过去认为重要的东西,现在觉得其实没那么重要;过去曾经忽略的一些东西,如今反而觉得需要格外珍重。

与老同学老朋友的聚会增多了,陪在父母身边的日子也多了。我常常去天津的家,与父母同住一段时间。陪二老看看电视,聊聊家常,或者一起到附近的公园散散步,在一个露天健身场做些简单的运动。

春季的一天上午,我和父母一行三人前往体育学院的健身场。父亲走得慢,一路上时常碰到些面熟或不太熟的大爷大妈,他们热情地打着招呼。

"瞧这一家三口,多好啊!"

"这老太太身子骨真硬朗,哪儿像80多岁的!"

"这是您儿子?真孝顺!多让他陪陪你们吧!"

……

父母听了这些话,脸上的笑纹一圈一圈的。显然,儿子陪在身边,脸上有光,心里也是美滋滋的。

到了健身场,父亲和母亲同时登上了双腿前后摆动的健身器械。只见二老两手扶着胸前的横杠,四条腿一前一后随着器械大幅摆动,步调那么一致,就像是在一起走正步。

和煦的阳光下,两位已经是钻石婚的老人就这样在步行器上摇啊摇,这情景我看在眼里,感到特别温馨,恨不得把这一瞬间永远定格。

到了中午,住在父母楼上的姐姐做了全家人的饭菜,送下来，全家人一起吃。

吃过饭，还要在一起打一会儿"争上游"，这是父亲近来非常喜欢的一项扑克游戏。每当父亲最先出完手中的牌，大家就取笑他："就你会打牌，老拿大贡，别人都玩不过你！"此时，父亲得意得就像个小孩子。

有时候，我还会把近期学到的一些好听的歌曲唱给二老听，《父亲的草原母亲的河》《天路》《草原恋》《高原蓝》，一首接着一首，父亲在那里闭着眼静听。母亲的兴头也上来了，她在社区随着大妈合唱队学了些歌，于是和我一起唱《十五的月亮》，唱《敖包相会》，虽然我们的音色并不美，但是，唱的人和听的人都那么陶醉。唱完了，小屋里会漾起一阵呵呵的笑声。

这些情景，我都一一记在了心里。

当我年富力强的时候，为了事业，为了生活，四处漂泊，与双亲聚少离多。像这样与父母和家人在一起的日子，大概要追溯到四十年以前。

四十年前，我曾经厌烦这个家，觉得家庭生活太琐碎，给人的束缚太多，我渴望离开父母，渴望远走高飞，创造属于自己的新生活。

四十年后，我又飞回来了。这一次归来，想法就变了，突然感到，与亲人在一起的温馨日子，那是多少钱也买不来的啊！

在一个人的生命历程中，不同阶段会有不一样的梦想和追求，一个年龄一种心境。究竟哪些事情重要，哪些东西更值得珍惜和留恋，会随着年龄的变化而有很大的不同。

年轻时，家，好像是个累赘；年纪大了，家，成了最温馨的窝，不管是自己的家还是父母的家。年轻时，功名利禄让你欲罢不能，年老了，你才知道什么都比不上亲情友情和健康重要。

年轻时梦寐以求的东西，到了一定岁数也许就会觉得不那么重要了；另一些事情、一些时光，当时也许觉得很平凡、很普通，但多少年后却发觉非常美好，一直记挂在心里。

生命中最珍贵的东西究竟是什么？是名誉、地位、金钱，还是亲情、友谊、健康？我想，多数人，特别是有了足够生活阅历的人，都会选择后者吧？

（作于 2015 年 6 月）

享受天伦　品味平淡

孙女1岁多，平时由她姥姥姥爷带着。儿子儿媳每天上班，亲家公婆给他们做饭带孩子。作为爷爷奶奶的我和老伴，相对轻松。

春节了，亲家公婆要回老家过年，我和老伴义不容辞，顶替上岗。

前后一个月左右，在儿子京东的家，我们过起了一家五口人的小日子。

我每天的主要任务是采买和做饭，还有洗奶瓶、换纸尿裤之类的辅助性工作。天气暖和时，就把孙女抱上手推车，在小区的院子里转圈儿，呼吸一下新鲜空气。

这些日子每天里里外外、忙忙叨叨，别说上网和看电视了，连手机也是抽空瞄两眼，同书本更是绝缘。

家里充斥着日常生活的烟火气，灌满了娃娃的哭闹声，洋溢着一家人的欢声笑语。

忽然觉得，这每天两耳不闻窗外事，只和锅碗瓢盆奶粉纸尿裤打交道的日子，挺好！这才是最真实最平凡最大众的生活。

一个家庭的希望，在于繁衍，不光是传宗接代，还包含着生机和兴旺。新的生命带来家庭里新的气象，引发了一家人的欢欣和忙碌，派生出无数看似无聊实则有趣的生活场景。

小孙女刚会走路，在不大的房间里摇摇晃晃地跑，我怕她摔跤紧跟在后边，从客厅追到厨房，从这屋跑到那屋。她的小腿捯得快，我在后边赶得急，虽不至于气喘吁吁，可也绝不轻松。一老一小在屋子里追逐，好似一幅趣味横生的图画。

我抱着孙女，就像抱着一只小动物。她已经有20斤重，拥在怀里沉甸甸的。在屋里遛弯儿时，她趴在我背上，小鼻孔里呼出的热气直往我耳朵里钻，痒痒的，好舒服。

累了，把她放在窗户前一个柜子上，她特别喜欢这个位置，可以隔着玻璃看到外面的世界。我们居住的小区上方是首都机场民航线路必经之地，时常有即将降落的飞机从天空掠过。每当这些大鸟一样的东西滑过天空的时候，我就指给她看，孙女咧着嘴笑。后来，她能够比我先发现飞机，远远的一个影子，她就"哇哇"叫起来。

大年初一早上，我抱着孙女在窗前往外看，忽然，两只黑翅白腹的喜鹊落在前面的枯树枝上。对1岁多的孙女来说，看到外面的什么东西都是第一次。当我指给她看的时候，她瞪大了眼睛，盯着那两个上蹿下跳的精灵，仿佛怀着好奇的心情，在琢磨着自己刚刚涉足的这个世界。

我时常和孙女玩"躲猫猫"，一边喊着孙女的小名，一边说："你藏到哪儿去啦？怎么找不到你呀？"此时，孙女就捯着小腿跑到厨房的玻璃窗后面，瞪着眼睛往外看。我假装找不着她，慢慢走到她躲藏的地方，突然叫一声："原来在这儿啊！"小孙女尖叫着笑起来。

有时候反过来，我藏在窗帘的后边，喊着让她来找我。不一会儿，就听到孙女不太灵活的脚步声，随着"嚓嚓"的声音越来越近，很快就有一张圆圆的小脸出现在我眼前，一老一小都笑颜如花。

春节期间，夜晚的天空时常出现五颜六色的烟花。她从没见过夜空里这么多色彩斑斓的亮光，兴奋极了，不时把双手举过头顶，形容烟花绽放的样子。以后，每当听到外面"咚咚"的放炮声，就嚷着要大人把她抱到窗前看烟花。

也有烦人的时候。比如，她玩得好好的，忽然站着不动，小嘴里发出"嗯嗯"使劲的声音，这是在拉屎的征兆。急忙脱下裤子，一股臭味扑鼻而来。于是给她换纸尿裤、洗屁股。我在后面抱住孙女的两条腿，奶奶给她又洗又擦。开始还算老实，时间稍长就烦了，来个鲤鱼打挺，力气大得很，几乎控制不住。

她还时常学着大人的样子，不是拿着扫帚在地上划拉，就是捡起一张纸片，扔进厨房里的垃圾桶。有一阵她奶奶有点感冒，不时咳嗽，她就学着奶奶咳嗽的样子，好像故意逗奶奶笑。

小孙女对很多事情似懂非懂，对什么东西都充满好奇，似乎每天都有新的进步。看着她一天天地成长，一点点地变化，听着她的牙牙学语，感受着她那小动物式的鼻息。老夫我陶醉其中，十分满足，觉得这就是真正的天伦之乐。

年轻的时候，心里想着诗和远方，渴望到外面的世界去闯荡，过浪漫和富于激情的日子，总觉得身边的柴米油盐俗不可耐。

少年时，经常路过一个体育馆，看到里面穿着统一运动服的年轻人，出操、训练，十分向往他们的集体生活。

那年月，当兵入伍是非常令人羡慕的事情。我和好朋友张同学每人做了一顶仿真军帽，戴着它着实陶醉过一阵子。隔门邻居一个女孩被某军区文工团录取，她穿着军装的样子英姿飒爽，在我心里如同女神一般。

一个人在人生的初期，总会憧憬未来，不满足于眼前的日常。总是认为未来一定比现在美好，自己会比父辈出色。不愿意在家庭的琐事中"沉沦"，不希望跟在父辈的后面亦步亦趋，总想着到广阔的天地里去增长见识，创造辉煌。这是年轻人的本色，也是一个社会不断进步的动力。

我也曾渴望着离开那个小家，逃离眼前熟悉的却又让我十分厌烦的世俗，开拓属于自己的生活。

大学毕业后，终于如愿以偿，离开了父母的家，过上了"漂泊不定"的日子。作为一名新闻记者，确实去过一些地方，见识了各式各样的人物和事物。

等我活了一把年纪，重新回归家庭，沉浸在日常采买、烹饪和洗洗涮涮的家庭琐事中时,忽然生出一种过去从未有过的亲切舒服的感觉,仿佛生活本来就应该是这个样子,这才是最实在、最本真的生活。

那些在音乐厅、展览馆、电影院里浪漫诗化的场景,多半是飘在半空中的,美则美矣,但不接地气;那些高大上的酒会,奢侈豪华的大餐,虽然风光气派,却不如一顿普通的家常便饭更舒适惬意;那些在路上、在拼搏中的日子,则是忙碌奔波、无暇旁顾的生活写照,只有在回忆时才觉得珍贵,身处其中时,却渴望这样的日子早点结束。

其实,45岁以后,我已经在慢慢改变,变得安静,变得喜欢日常,变得钟情于平凡。当年写过一篇《平淡是真》的短文,我写道:"在这平淡里,是自有一种味道的。心急火燎的年轻时代,是没有时间,也没有心情品味这种味道的。年逾不惑的时候,该争的争了,该搏的搏了,特别体会到平淡的魅力。平淡,是一种人生境界。"

原来避之唯恐不及的,开始慢慢变得喜欢。喜欢操持一顿丰盛的饭菜;喜欢过年时一家人热热闹闹地包饺子、看春晚;喜欢和年迈的双亲一起坐在沙发上看电视,喜欢陪着他们聊些家长里短;当然,也喜欢和小孙女一起看一本少儿图画书。

平凡与伟大、动荡与日常、变革与守成、宁静与热烈，是两种不同的人生追求，但到了一定阶段，经历了足够的岁月洗礼，便可以殊途同归。

自从孙女进入了我的生活，那些"心肝宝贝""掌上明珠""心头肉"之类的形容词，一下子都有了实在的内涵和丰富的心理感受。

著名球星姚明说："是女儿让我变得爱家、顾家了，全世界只有女儿能改变我。当了父亲的人才知道，孩子的影响力有多大。"把这句话套用在我身上，可以修改为："全世界只有孙女才可以改变我。只有做了爷爷的人才知道，孙女的影响力有多大。"

这，也许就是血缘的力量吧！

（作于 2019 年 3 月）

感受病痛　感悟生命

人的身体就像一架机器，使用了几十年，总会零件磨损，运转失灵，慢慢变得故障多多。

到了一定年纪，各种病痛开始频繁造访，带病生活成了"新常态"，药物就像食物一样必不可少。有时，还要对身体的某个部位修修补补，拆掉失效的零件，更换替代品。

本人中年以前，很少去医院看病，看也就是感冒发烧，头疼脑热，吃一两剂药就没事儿了。

60岁以后，情况变了。近两年，两次住院做微创手术，一次是肩部创伤，一次是尿道结石。手术时，全麻，一根管状手术枪刺入体内，或清除血肿，或激光碎石，虽是微型手术，但也要一两个小时。

每次手术后，都觉得身体里被掏走了一些东西，没有了从前充实丰盈的感觉，变得虚弱沉重，就像一个充气不足、反弹乏力的皮球。

回想起来，40岁以后就有"状况"了。先是牙齿，有空洞，有缺损。在深圳期间先后补过四五次牙，一颗牙齿戴了牙冠，一颗后槽牙凹进个大洞，填补了一块金属材料。回到北京以后，补牙、拔牙、种牙，这几年就没断过。张开嘴，表面看是一口白牙，其实全赖现代牙科医学所赐。一照X光片就惨不忍睹了，那些浅色的块状物分布在牙床各处，不是这里戴了个牙套，就是那里种了颗假牙，如同一条乱石遍布的沟壑。

还有就是糖尿病，如今已经吃了十几年降糖药，血糖仪更换了好几个。后来光吃药片不管用了，又打胰岛素，一管针剂用二十几天，粗算也有几十个了。

中年以后，疾病就悄悄地和宿主结伴而行。这也是自然规律，没办法的事。

说说最近的这个病。

6月初的一个早上，刚睡醒，正在床上犯懒，突然后腰的某个部位像被什么硬物顶住了一样，一阵刺痛，扯得胃也痉挛一般疼痛难忍，喘气都困难。这情况三年前出现过一次，去医院检查是结石，当天做的碎石手术，第二天休息一下就没事了。

这次感觉和上次一样，以为做个碎石手术就万事大吉，没想到情况复杂了。照X光片、CT影像，果然是结石，但检查过程中，痛感过去了。大夫说，如果不痛，不必马上碎石，也许结石顺着尿道自然排出，如果排不出又疼，再做手术也不迟。我像个健康的人一样，拿着片子回家了。

一个多月后的晚上，后腰剧痛复发，如果不去医院，这一夜就过不去。连夜看急诊，第二天住院。

检查结果显示，两块黄豆大小的结石从肾脏进入尿道，堵住了出口，导致积尿和水肿。大夫说不能碎石，只能做激光微创手术。

周五住的医院，打了两天吊针，消炎止痛，准备周一手术。好在不像住院前那般硌得腰疼了，周六、周日两天勉强度过。

手术前一晚，不能进食饮水，还要灌肠，清空肠胃。

此时的我，斯文扫地，就像待宰的公羊，孤独无助。于是，自然就产生了这样的想法：人这一辈子，该享的福要享，该受的罪也要受。现在轮到受罪了，躲不开，避不过，只好硬着头皮承受。

我曾经写过这样的文字：活在当下，体会生命的美好，用五官，用身体，用心灵，感受这个世界，感受活着轻松愉悦的状态。

现在我补充说，感受疾患的侵扰，感受病痛的折磨，也是活在当下的内容之一。美好的、幸福的、哀伤的、痛苦的，都是生命体验的必经程序，缺了哪一方面，都不能称为"圆满"。治病、手术、打吊针、吃药，也是走向"圆满"的一部分。用这样的心态对待一切灾难困苦，你就会坦然和平静很多。

手术完成后，医生在我的体内留了一根尿管。所有尿液都不能自主排出，就像没拧紧的水龙头，一滴滴往外淌。

有时，憋尿的感觉太难受，我就在病床上俯卧，撅起屁股使劲往外挤。尿道口像是被什么东西塞住了，任你怎么使劲，就是挤不出尿来。坚持了一阵儿，终于，在膀胱内涌动的尿液冲开了一个小口，便感到从后腰到尿道口火辣辣地疼，一股辣椒油一样的液体流了出来。再看尿袋，里面的液体呈暗红色。

此时，我再次对自己说，既然生命都要经历生老病死，既然每个人都逃不脱这样那样的病痛折磨，那就把这一切当作一种"修行"吧！

（作于2019年8月）

庭园漫步

仲春，清晨，我漫步在居民小区的一处庭园。

园内很静，人少，树多，气温正宜。阳光照在身上，微温，不燥。

园内西北角，一处篮球场旁，有石砌的小径，有一折简单的回廊，有几件健身器械。

我俯身、屈膝、伸臂、转臀，做着简单的运动。

做完了，又坐在回廊的木凳上闭目养神，有一种出神、入静、化开去的感觉。

近年来处于半退休状态，一下子闲适下来，生活节奏变慢，没有了生存的压力，心境仿佛一下子进入老年，对许多事情看淡了很多。

对名、利、面子、意气等渐渐失去兴趣，只对健康、亲情、回忆、写作和围棋网络对弈有兴趣。打坐、漫步、逛菜场、做家务、看闲书也成了生活的主要内容。

有时想到死，反而少了以前那种畏惧、恐慌，多了一种泰然面对的安详。

回家路上，走过绿树盈天的小道。阳光透过摇曳的树影投射下来，忽闪忽闪，一亮一灭。

走在这样的小道上，仿佛步入仙境，慢慢融化在大自然生生不息的轮回之中……

（作于 2013 年 5 月）

中编 世之风景

南下列车上

这是一次17个小时的旅行。

南下列车上,我倚着靠背向窗外望,像是在欣赏一幅不断移动的中国画:远山被云气吞噬,近树在风中摇曳;阡陌交错的原野鹅黄与嫩绿相间,织成一张张绒毯;清亮的池塘泛着天光;田地里偶尔有农夫催赶着犁地的耕牛;背书包的女孩匆匆在眼前划过……

对面坐着一位中年男人,他眼睛黑亮,脸颊上一层轻描淡写的络腮胡子。中上铺是两个做生意的南方青年,一个30多岁,显得老成些;另一个20岁不到,一头又厚又密的头发,鬓角盖住了耳朵。

络腮胡子向长鬓角问道:"小伙子,多大了?广东人吗?"话匣子由此打开。

我从他们的交谈中得知,广东中山华侨很多,同外商做生意加上华侨捐献给家乡的钱,使得当地人的外汇多得用不完。而内地的一些企业想买进口设备,苦于没有外汇。于是,他们成立了信托公司,代为办理购买进口物资设备,等于是用外汇换取人民币,比价是一比三。内地企业很欢迎,他们也从中赚取了差价。比如,在沈阳市场上,一台进口洗衣机要人民币400元,而他们可以用100元外汇买一台,然后转手230元卖出去。据说去年一年就盈利上千万元,而他们还仅仅是这个县的一家小公司。

我原以为,络腮胡子也是个做生意跑采购的,听他说话,感觉对工商业都很在行,后来一聊才知道,他是某研究所的知识分子。他一有空就拿出一本厚厚的外文资料在读,还不时念出声。

我搭讪说:"您很用功呀。"

他说:"不用功不行啊,现在紧赶慢赶还赶不上趟呢!"

我说:"现在全国各条战线,不都靠你们这些中年知识分子做顶梁柱吗?"

他手指胸口:"我们的知识老化,还储备不足。60年代上大学,'四清'、社教、'文革'、下放,全赶上了,五年时间,能上几年课?最多两三年。那时候学的是电子管,顺便说一句,我是学物理的,毕业以后又扔了十几年,现在睁开眼睛一看,人家都是大规模集成电路,电子计算机,差距太大了!只好一点一点挤时间去学,去追。"他说得很动感情,我也连连点头。

我们从"文革"十年造成的严重后果,一直谈到科学技术的引进、经济体制改革、知识分子政策,为国家经济慢慢走上正轨而欣喜。

我说:"你可以要求出国考察,或参加专门的进修。"

他摇摇头说:"不,时间对我来说,真是太短了,也太紧迫了!顶多再干10年。让我进修我也不去,我所希望的,就是把我目前学到的这点东西尽快用上去,争取出一些成果,拿出一点无愧于这一生的真东西、真贡献!"

我们一直交谈着,直到车快到站,都有些意犹未尽。

(作于1983年3月)

小城说书场

吃过晚饭,在小城襄樊的街上转。

见一处半开放式平房,里面似坐了不少人,门口影影绰绰仍有人进进出出,昏黄的灯光夹着烟气从里面冒出来。

走近前,原来是一座茶坊,门口墙上用红漆写着"某某街文化站"。

里面灯影里,墙下搭起一个土台,台上置一桌,桌前坐着一个面容清癯的中年男子,长头发,凹眼睛,手持一把黑折扇。扇子不起眼,但红缨穗子老长。他身后有一个绿幕布,像个舞台,台前左右坐满了人,老头居多。桌前男子摇头晃脑,口中振振有词,原来是个说书的。

这房间有数十平方米，可容纳二三百人。门口的玻璃柜台后面坐着一对老夫妇，男的收了钱，女的就递过一个茶碗，里面撒上一层薄薄的茶屑。

听客们花一角七分钱，就可以左手掂茶碗、右手从墙角拎一个小方凳，到里面听书去了。

书场内星罗棋布，摆放着一张张污黑带缝的木制圆桌，桌周围坐着一些听书老人。

找定座位后，自有一个持壶老女人上前冲茶，她像在田地里撒种一样，围着十多张圆桌左转右转，不时添茶，听客随喝随满。

老头们闭着眼睛洗耳恭听，偶尔掂起茶碗啜一口。如果还嫌不够味儿，可以轻轻喊住一个挎篮子的女人，递给她一角钱，就可以买到一包磨牙的葵花子，边吃、边听、边喝，神态悠闲。

有的老头自带烟袋，辣烘烘的烟气像轻盈的云，在人们中间环绕上升，然后顺着门窗外泻。

"话说黑衣娘子手持短剑，暗念咒语，说一声'去也'！只见一道寒光，'哧铃铃'一阵怪响，那一男一女两个童子的人头已然落地。那位会问：是啥剑，这么厉害？嘿嘿，这叫'凤鸣剑'，是天下少有的宝物。娘子赶上前看，原来那两个童子是两棵人参精，有碗口粗细，白晃晃，在月光下直冒白气。娘子当下将人参精吞下肚，从此长生不老，永远是二十八九岁年纪……"

说书人说的是元末明初的一段故事，其中有人有妖，有仙人也有历史上的真实人物，情节错综复杂，变化多端。

说书人讲到兴奋处，常把扇子作惊堂木拍上一下，然后站起身，手舞足蹈。

每每到紧要处，听客们渐渐睁大眼睛，茶不喝、烟不抽，屏住呼吸，似乎稍有疏忽自己的脑袋也会落地。

惊险过去之后，人们松一口气，会突然爆起一阵笑声，然后一片窸窸窣窣的议论，有的老头咧开大嘴，直挠光头。

"千岁爷说：'绑了！'紧接着上来五六个公差，把戴焕章给绑了，就要押下去杀头。戴焕章毫无惧色，'哈哈'一阵大笑，走出去……后事如何，明天再说。"

"哄——"下面一阵骚嚷，散了。

这就是小城老人们的文化生活，整个过程我看了个满眼。因为我也装模作样买了碗茶，搬个小凳，做了一会儿听客。

我这个不像本地人的年轻后生进来时,把那些老头惊得像看动物一样,斜眼看了我半天,好一会儿才习惯了我的存在。

(作于1983年4月)

漫步长江边

在招待所里爬了两天格子,感到疲惫,于是外出散步。穿过一个两边是石墙的胡同,就来到了长江边。

苍烟落照之时,站在高高的石堤上看滚滚长江东流水,油然产生一种豁达和舒畅。在室内独坐时,思绪缠绕如丝,自我膨胀的感觉分外强烈;而站在长江边,遥望苍天落日、金黄色的江水和大大小小的渔舟轮船,自我便遁化得无影无踪了。

江水如碎金闪烁,对岸的青山如画如屏。江中划船的艄公、拖轮和货船上忙碌的人们,在大山和江水的衬映之下,显得像蚂蚁一样微不足道,就连江中轮船上的响笛也变得有气无力了。

长江边上常有嬉戏的男童女娃，他们把圆圆的石片投入江中，溅起一串串水漂。一阵脆铃般的笑声，几点漂亮的色块。

我走近江边，见几个穿红戴绿的小姑娘，把鞋子、书包、毛衣堆在岸边石块上，裤腿挽到膝盖，几个人叽叽喳喳地你拉着我，我拽着你，泡在江水中。其中一人弯腰从江里捞着什么，没捞到，把手缩回来，尖声叫着。

我走过去问："你们在干什么？"小姑娘们抢着回答："孩子（鞋子）掉到江里去了，回家要挨骂的！"说完却咯咯笑起来。她们脸上没有一丝忧愁，似乎丢了鞋子也是一件很有趣的事情。

长江是那么古老，孩子们又是这般鲜活，一个有趣味的主题在我的脑子里萌生。我正好带着相机，就说："给你们照张相吧？"

她们对着相机尖叫，有的不好意思地把脸蒙起来。其中一个大一点的女孩说："别不好意思，让他照，照完以后能上画报！"

小姑娘们都听话了，把纯净的大眼睛对着镜头。

相照完了，其中一个问："你是哪儿的？""北京。""哟，北京好远啊！以后能给我们看相片吗？我们在这儿等你来。"

她们的眼睛里透着期待。"你什么时候能再来?"在她们的追问下,我默然了。

我不愿意使她们失望,就说:"大概明年吧。"她们一下子就听出了我的意思:"你不会来了!"一个女孩说:"就算你来了,我也不会在这儿了,明年我的家就要搬走了。"其他几个女孩也都附和着。

我告别了她们。等我走上堤头,她们又叽叽喳喳地捞鞋子了,早把刚才的事儿忘得一干二净。

在江边的另一处,见到两个穿绿秋衣的男孩在沙地上挖坑。他们的腿上沾着泥,浑黄的江水一次次地抚摸他们的脚脖。他们那么卖力,两手不停地刨,似乎在完成什么伟大的河道疏通工程,脸因为猫腰涨得通红,鬓角的汗珠在夕照下闪着光。

坑挖好了,把江水灌进去,然后又往外淘水。

其中一个男孩把两脚插进柔软的沙里,一直没到膝盖,还故意让身子前倾后仰晃来晃去。因为下半截被固定住了,就像斜插在沙里的木桩。瞧他那得意劲儿吧,小鼻翅一扇一扇的。一会儿,他又使劲往外拔两条泥腿。因为陷得太深拔不出,另一个男孩过来帮他。终于拔出两脚,一跳一跳地到水稍深的地方去洗手洗脚，两个屁股后面就是最好的擦手处。

男孩儿仍在玩耍，我的注意力又被不远处一个洗衣的姑娘吸引住了。

那姑娘俯着身子在水里洗着涮着，始终没能看清她的脸。然而，不知是什么力量，总是把我的视线拉向她。她穿着一件普通的军绿上衣，一条蓝布裤，梳着两条齐肩的辫子。姿态是那么轻柔，动作是那么舒缓，不像是在劳动，而像是悠闲地玩水。

这里离王昭君的故乡不远，古时的很多美女，就是在江边浣纱洗衣时被发现的。也许，姑娘们在此时才是最美的，她们是在劳动，而分明又是在舞蹈。她们本来就是娇艳的，何况又是在江边？

山水、少女，这是一幅多么美丽的图画啊！

姑娘洗完衣物，把两只脚在水里涮涮，摇一下肩膀，两条辫子被甩到身后，挎起一个小竹篮，一步步向堤上走去。

这是一个刚刚成熟起来的少女，身段还不够丰满。一切都是那么朴实无华，毫无做作。

然而，一旦她离开江边走进街市，没有了长江的背景，她仿佛就变得极为普通,那诗意也就不复存在了。

我想,美是短暂的,尤其是少女的美,往往显露于本人并不经意的瞬间……

(作于1983年4月)

通俗歌曲演唱会

晚上,在某机关大院欣赏了一场通俗歌曲演唱会,进一步领略了通俗歌曲的"奥妙"。

通俗歌曲的"核"就是一个"俗"字,越粗放越狂野越沙哑越有"味道"就越好。不要做派不要风度不要漂亮不要优美,要的就是那个"味"。毫无顾忌毫无做作毫无虚情假意,嗓子别打弯儿,像小牛犊一样"哞哞"叫。切忌不洋不中不冷不热不死不活不高不低。温吞水只能倒胃口,热辣辣才能满堂彩。

舞台上灯光闪烁得像帮助人急速地眨眼睛,背景天幕吊下无数条亮闪闪金灿灿软绵绵飘摇摇的带子,灯光一照反射出无数个小光点。舞台后面的鼓风机一个劲儿地吹,那带子左右摇摆,光点上下蹿动,就仿佛无数飘浮在天幕上的节日礼花。

配乐声高亢刺耳,"咚咚"的鼓点儿像是有一队正步走的士兵通过你的胸膛。

整个氛围说不上优美,更谈不上高雅,但却让人一进场子就莫名其妙地兴奋,好像有人把一罐吗啡灌进了你的脑袋。

第一个上场演出的是一位十五六岁的小姑娘,嗓音高时像是用铁钉划玻璃。她满台子转,把一片片"情"、一声声"爱"抛洒给每一位观众。然而,大家却兴奋不起来,掌声稀疏,好像在等着后边的好戏。

第二位男歌手长得挺帅,穿了条白裤子,头发在脑门前十分潇洒地画了一个大弧,不情愿地折回后脑勺。可惜,他的歌声整个是碗温吞水,第一首歌没唱完就被台下的倒彩声哄得唱不下去,只得在一片"嘘"声中跑回后台。看来,吃这碗饭也不容易,唱好了脚丫子可以翘到天上,唱不好连个钻地缝的机会都没有。

下一个小伙儿,上台来背两把吉他,一红一白,一个像葫芦,一个像歪把子机关枪。歌还没唱,灯光先暗了,聚焦着他那张小白脸儿。第一嗓就拐了八个弯儿,一边扭腰一边拨吉他，脚踩鼓点，哑嗓子到末尾似无音了，但又猛地冒出来，仿佛煮沸的水在一下一下拱壶盖。此音一出，下面一片叫好声。他唱得忽高忽低忽有忽无忽大忽小，正得通俗歌曲之精髓，虽未引得人发狂，却让人有些坐不住了。

第二首歌他换了台风，吉他不要了，一把攥住了带铁杆的麦克风，像端着一把刺刀枪，半蹲半立，边唱边舞。那麦克风下面有铁砣，分量不轻，居然让他拎着像孙悟空舞弄金箍棒，猴子似的满场跑。唱时有如梦游，唱完了才醒过来，像个正常人一样说了句"谢谢"。

报幕的姑娘嗓音浑厚圆润，脸庞长得也不错，可惜她拜错了师，学的是美声唱法，一出声像是吹起一阵哨音，结果只能充当报幕的角色。而那些哑嗓丑脸的歌手却如大腕明星一般，被众人捧上了天。

报幕姑娘不甘示弱，运足功力唱了一首《英雄儿女》，声音高亢嘹亮，正宗丹田气，灌满全场，给人以英姿浩然之感，终于赢来几声零落的掌声。

由此我想，与通俗歌曲相对应的"高雅"歌曲，它往往唤起人们一种崇高的情感，就总体而言，无论是欢乐还是悲伤，它都是一种理想美。而通俗歌曲则更多的是一种宣泄、一种刺激，表达的多是一种"本能"的情感，甚至是潜意识中某些不登大雅之堂的东西，就如同街头的霹雳舞。当人们无事时，酒足饭饱闲得无聊时，就可以穿起西装打上领带，去音乐厅欣赏交响乐、美声唱法、西洋歌剧。听这样的音乐，你仿佛飘在云端，即使回到陆地也觉得人格伟大了好多。

而通俗歌曲的欣赏者一般是干了一天活儿，累得要死，满脑子幻想，满肚子不合时宜，喝了几口酒，抽了几根烟，不想马上钻被窝的年轻体力劳动者。当然，发展到后来，通俗音乐的观众、听众不只有这些人，但最初的基本队伍应该就是这样一些人。歌曲调动和疏通了人们身体内某种野性的东西，就仿佛打开了一个个铁栅栏，放出了其中的"魔鬼"或"野兽"。

接着上场的是个留小胡子的年轻人。其实，他的特点不在胡子而在头发：前面不长，后面老长，像脑后吊着黑布帘子。他边唱边跺脚猫腰，唱到关键处全身缩成一团，然后如触电般猛地抖开，腰、腿、臂、手作横向错位移动。脚脖子灵活至极，全身像在水面游走。随着舞动，嘴里时而发出沙哑的歌声，时而逸出圆润高亢的滑音，像是两个不同的人对唱。

观众发狂了，台下口哨声和怪叫声四起。

一身白衣的姑娘登台了。她的优点不在嗓子而在身子，看来，通俗歌曲的功力有一半在身段。她扭动起来有时像白蛇，有时像木偶，关节转动像上了发条的玩具，似乎能听到"嘎巴""嘎巴"的声音。偌大一个舞台，她偏偏只占一个小角落，把大片的空白留给观众。

演出间歇，穿插了两段舞蹈，其中"西班牙舞"尤其撩拨人：那男士像只"咯咯"叫的大公鸡，高挺胸脯，叉腰迈步，只见下巴不见脸，见了女郎，身子猛地后仰、挥臂、跪倒；那女郎则像个开屏的大孔雀，穿件百褶裙，一手叉腰一手拽裙裾，侧身迈步，前高后低，把裙内的短裤从侧面露出少许，有时故意一撩裙子，又遮掩起来，令男士们张口结舌，眼直鼻歪。男士女郎同踩一个鼓点儿，风姿绰然，煞是好看。

压轴节目由被称为"歌坛巨星"的孙某人担纲。他穿一身白西服，内套黑背心，戴墨镜。大高个，粗嗓门，开嗓一句《红高粱》，赢来满堂彩。听说他是刚从"首体"演出完过来串场。也许是前面节目太累了，赶到这里就采取了"领唱"战术，后边的表演，常常把麦克风对着观众，自己省着丹田气明天再用。

他之前演出的歌手,没有看到领唱、少唱的,只恨不得多唱,看来,只有"巨星"才有资格有本钱"偷工减料"。

(作于1988年6月)

老戏迷的星期天

这是一个晴朗的星期天,一个不宜在家里待着的日子。

市民们纷纷奔向公园、郊野、绿地、游乐场。姑娘小伙带着泳衣,年轻父母带着孩子,老头老太带着拐棍、板凳、扑克牌。

玉渊潭东南方有一个去处叫留春园,留春园的长廊内聚集着一拨又一拨的老年人。他们围成了一个又一个圈子,几乎每一个圈子内都有敲锣、打鼓、拉胡琴、弹弦的业余戏曲爱好者。当然,也少不了站在中间拿着做派高声吟唱的"老生"或"花旦"。

观众清一色是50岁以上的,有的边听边围坐一圈儿打扑克,有的听到过瘾处,叫两声"好",拍几下巴掌。

我想不到,戏曲在老年人中有这么雄厚的基础;也想不到,这里竟有如此多会唱成套段落的行家。

围得最大的那一圈儿人里,一胖一瘦两个男人正在对唱。胖的唱花旦,声音尖而高,唱时身子做杨柳状摇摆,手做莲花指,脚迈小碎步,眼睛调情似的向那瘦子眨个不停。大嘴一撇,下唇突出得足以装下半杯水。那尾调一波三折,脖子、脑袋随着韵律一齐摇呀摇,唱得十分动情陶醉。

一个高调过去,赢来几声喝彩,他唱得更来劲,那鼓也打得更响,胡琴拉得更欢。

我想,很多人在这里是寻求表现自己的机会,在众人面前露脸、展艺、出风头,引来喝彩,获得自尊心的满足。既然这种感觉在平时生活中找不到,就在戏迷里找;既然在真舞台上没有份儿,就在这假舞台上露一手。

胖子唱时,那个瘦子就像泥塑木雕般杵在那儿。胖子唱完了,轮到瘦子表演时,他立即鬼魂附体般"活"过来,高声叫板,手舞足蹈。

此时再看那胖子,就像被孙悟空施了定身术,立即不动了,脸上的表情也木然呆滞。

业余毕竟是业余，没那么多讲究，轮到唱时才拿腔作调，一旦停下来，就"不在其位，不谋其政"。

瘦子唱小生，嗓音沙哑，遇到高调上拔时，眼睛、鼻子乃至整个身子一块儿跟着乱颤，脖子上的筋、皮，绷得像是快要破了。这拼命投入的劲头，京剧大师来了也不过如此。

紧接着，他又转起花步，越转越快。那胖花旦也跟着转起来，边转边唱，进入高潮。

唱完了，瘦子说："我要歇一会儿"，然后用手扯了扯脖子上的皮。胖子则走到一边，拿起一杯已经不热的茶喝起来。

另一个圈子里，一个丑老太太在唱"七月调"。她戴眼镜，描眉，手拿折扇，嗓音嘹亮。

说她丑，是因为她的上唇大得出奇，在最突出的部位还长着一颗尚未完全成熟的小疖子，红红的，像颗小草莓。还因为她好像没有脖子，加上细眼睛、凸嘴唇，丑得让观众不忍细看。这种内热攻心的时候，还不老实在家里待着，反倒跑出来凑热闹、拔嗓门，岂不是更上火？可见，人的表现欲望要是上来了，什么东西都挡不住。

可在她自己看来，只要声调唱得好，管他人说丑不丑。生活中人家看我长得丑,可现在大家听我唱得美!大姑娘长得俊,这声调她唱得了吗?

(作于1989年6月)

中编·世之风景

红嘴雀

深秋时节,早晚已经很凉,清冽的风吹在脸上,有一种麻酥酥的舒畅。树叶黄了,衰老的蟋蟀在吃力地作最后的吟唱,仿佛是在给自己唱挽歌。

早上,我正在机关大院办公楼前一处松青草黄的角落晨练,忽然耳旁有一只小鸟飞过。它扑棱着翅膀,一副摇摇欲坠的样子,撞到办公楼的玻璃上就再也飞不动,滑翔几米,落到一棵树下。

我走上前,见小鸟瞪着绿豆大的眼睛,喘着气,惊恐地望着我。它已无力再飞,被我一把擒住。

细端详,这只小鸟红嘴、红腿、红爪。身上白褐相间的雨花点,眼睛两边有两道浓浓的黑纹,如同京剧花脸的描眉，再配上红嘴白额，煞是好看。它的身材比麻雀略小，但修长飘逸，不像麻雀那般肥硕滚圆，一看便知不是普通品种。不知是哪位遛鸟的老人打开鸟笼，一个疏忽被它钻出来逃逸，偏偏被我撞见，不能不说是缘分。

我将红嘴雀小心放进衣兜，赶忙回家拿给妻子看，她亦惊喜万分，帮我取出一只旧鸟笼，放上小米和水。前几年我曾养过一只灰雀，如今灰雀已死，鸟笼尚在，正好用来养它。

红嘴雀初入笼不太习惯，瞪着小眼睛四处观察，继而上蹿下跳寻找出口。再过一会儿，发现了罐里的小米，便饥不择食地啄起来。看来它真的饿了，吃食时把小米嚼得"毕剥"直响，边嚼边四下环顾，俨然一副君主的神态。一会儿吃饱了，跳到横杆上休息，好像早就习惯了这种生活。

我中午下班回家，听到阳台鸟笼里发出一串串悦耳的叫声，时而尖厉短促，时而圆润悠长。上前隔窗偷偷观察，见红嘴雀仰颈摇头，眼观阳台外面的世界，叫得正欢。那软软的喉咙处伴随着叫声颤个不停。喜得我大叫：我的小宝贝，你真可爱！

从此，这个不速之客便成了我家的第四口人，给我们带来了诸多喜悦欢笑。周六，儿子从幼儿园回家发现了小鸟，高兴得像小鸟一样蹦跳。一会儿给它喂食，一会儿给它换垫纸，那殷勤劲儿令小鸟完全承受不住，惊得在笼里四处逃避。

时间长了，家人的新鲜感过去，喂鸟的事儿就全由我一人承担，那娘俩很少再侍候它。我每天早上喂它两匙小米，一小罐水，有时还与它聊一会儿天，训它几句。它瞪着小眼睛默默地听，像犯了错误的小学生。

隔段时间，它常卧的横杆下方就积了一坨屙的屎，像个小粮垛。这就要清洗鸟笼，换垫纸。这时，就要放它出来在屋子里飞一会儿。它一出来便往玻璃窗上撞，然后飞到高高的衣柜顶端，俯视着我为它打扫"官邸"。

抓它进笼是件麻烦事，常搞得天翻地覆。一次我急着上班，它未入笼，只好将笼门打开，里面放好小米和水，一个下午惦记着小鸟。晚上回到家开灯一看，它竟乖乖卧在笼里，眯着眼休息，见我进屋只斜眼看了我一下，便不再理睬。

有时给它换上新水，它喝几口后，便把头猛地往水里一扎，扑棱一下身子，将脑袋和身子弄湿，水溅得到处都是。洗完了澡，就用小红嘴细心地梳理羽毛。

一次，为了给它透气，我将鸟笼放在封闭阳台的窗口外檐。等下班回家，见鸟笼掉在阳台地上，小鸟正在笼里凄惨地叫。拾起鸟笼，见小鸟的一条腿有点跛，大拇指已断了。我猜想，肯定是一只野猫见了笼中鸟，想吃又吃不到，硬是把鸟笼打翻的。从此我再也不敢将鸟笼放在阳台外面。小鸟的前爪养了好多日子才康复。

红嘴雀就这样跟着我们生活了很长一段时间，它成了我生活的一部分。每当我出差外地，便嘱妻帮我喂它，时常放心不下，打电话时不忘问一下它的情况。冬天担心它冷，睡前要把鸟笼提进屋内，第二天早上再拿到阳台。白天阳台太阳晒，要把窗帘拉上遮光。渐渐地它把一袋小米吃完了，我就托在农村的亲戚捎来些……

半年多时间过去了，它活得有滋有味，我也平添了不少乐趣和忙碌。

春天来了，红嘴雀也显出了春的焦躁。它常常在我为它添食时表现出过去没有过的乱扑乱叫，以至于我不得不事先把它捉住，然后再放小米。不然，小米会被它扑打得到处都是。

当我抓住它时，它用尖利的小嘴咬我的手，以此发泄对我的不满。

它吃食时叽叽喳喳叫个不停，啄起的小米不吃，甩得星星点点，就像公鸡为母鸡寻到食物，用叫声吸引母鸡那样。

我猜想,红嘴雀已经到了发情期,它孤独,需要同伴;它想拥有后代,更需要女伴。是啊,虽然饱食终日无所用心,但这是以自由和孤独为代价换来的。

每当早晨窗外的麻雀叫声一片的时候,我的红嘴雀就扑腾得更厉害,叫唤得更热烈。它想引起同类的关注。偶尔几只麻雀飞过窗口,它急切的叫声像是一连串地喊"救命",引得那些麻雀在窗前探头探脑。

我想,红嘴雀在笼内观望笼外小鸟自由自在飞翔的心情,应该同监狱里的囚犯隔着铁窗向外张望自由人活动的心情是一样的。

但是,我不能把它放了,笼内的红嘴雀毕竟和那些野鸟不同了。过惯了饭来张口的日子,无论是觅食能力还是飞翔能力,它都无法回归自然。假如任它自由飞翔,那不是要放它生路,而是把它送上死路。

然而,它自己可不这样认为。也许,它在寻找着逃出牢笼的机会,等待着奔向自由的那一刻……

这一天,终于还是让它等来了。

那天中午,在阳台,我见笼里的小米已经吃光,便一手捉住它,一手用小匙给它添食。我的大意在于,做这些事情的时候,阳台的两扇窗户都没有关。

就在我将小鸟送入笼内的一刹那,它挣脱身子把头转向笼门外,箭一般向窗外的天空飞去,一转眼,越过矮墙就不见了。

我怅然若失,半天才想起站在阳台上向外张望,哪儿还见得到它的影子!只有一群麻雀在上下翻飞地欢叫,仿佛是在祝贺红嘴雀越狱成功。

我为我的红嘴雀担心:外面的世界寻不到食,是无法生存下去的。饿了,哪儿有现成的小米?渴了,哪儿有张嘴就喝到的清水?夜间,你在哪里栖身御寒?刮风下雨,你又能到哪个屋檐下躲避?

不过,我还是存着一线希望。为了它在无食可觅的时候"回头有岸",我将它熟悉的、在其中生活了半年多的鸟笼高高地悬挂在窗外的电线上,远远地就能看到。里面放着食水,笼门口高高敞开。

我祈祷着它能回来,然而却没有。晚上回到家,鸟笼仍旧空空荡荡地高悬着,而此时,窗外已风声大作,雷声隆隆。

夜里,我一直放心不下,没有睡好。

听着窗外的风雨声,想象着它在哪里。也许,它已经被另一个像我这样的爱鸟人捉住,收养起来?也许,它被一群麻雀带走,像小弟弟一样守护起来?也许,它哪儿也去不了,在凄风苦雨中躲在一处屋檐下忍饥挨饿,慢慢地耗尽身体里那少得可怜的能量。

第二天一早,我被窗外叽叽喳喳鸟儿的叫声吵醒。一激灵,马上想听一听有没有那熟悉的声音。

似乎有,又不太像。披衣奔到阳台,但鸟儿们已经飞走了。只见到地面湿漉漉的水洼、屋檐下滴落的水珠和一轮已经露头的太阳。

新的一天开始了。我甚至相信,心爱的红嘴雀已经不在世间。

不必遗憾,这一天终究会来。不管红嘴雀自觉还是不自觉,它毕竟是为自由而死的。它勇敢地冲向大自然的怀抱,就像一道黑色的闪电,义无反顾地在我眼前遁去,我又有什么理由继续做囚禁它的梦呢?

红嘴雀是在春天里出走的,谁又能否认,在另一个春天里,它不会变成一只新的、生机勃勃的红嘴雀,重新回到这个世界呢?

愿大自然,宇宙间,生命的信息永存。

(作于 1991 年 4 月)

逛潘家园

周六,逛了北京潘家园旧货市场。

喜欢艺术收藏、倒腾瓷器字画、把玩古董奇石的人们,如果没去过潘家园,简直是一大遗憾。

京城东南角,过天坛公园往东再往南,国家体委后身儿,那片新居民区的中间,有一大片空场。南北搭起高数丈、宽数十丈的大棚,灰墙围起偌大个院子,这就是闻名中外的潘家园旧货市场。

每逢双休日,像赶集一样,京城的收藏人士、文物贩子、古董商人、业余画家、倒腾破烂的、珠宝爱好者和经营者、旅游者、好事者、等闲者,都聚集此处。

百米长街的围墙外停满了自行车,院子里的小轿车、一群麻雀带走,像小弟弟一样守护起来?也许,它哪儿也去不了,在凄风苦雨中躲在一处屋檐下忍饥挨饿,慢慢地耗尽身体里那少得可怜的能量。

第二天一早,我被窗外叽叽喳喳鸟儿的叫声吵醒。一激灵,马上想听一听有没有那熟悉的声音。

似乎有,又不太像。披衣奔到阳台,但鸟儿们已经飞走了。只见到地面湿漉漉的水洼、屋檐下滴落的水珠和一轮已经露头的太阳。

新的一天开始了。我甚至相信,心爱的红嘴雀已经不在世间。

不必遗憾,这一天终究会来。不管红嘴雀自觉还是不自觉,它毕竟是为自由而死的。它勇敢地冲向大自然的怀抱,就像一道黑色的闪电,义无反顾地在我眼前遁去,我又有什么理由继续做囚禁它的梦呢?

红嘴雀是在春天里出走的,谁又能否认,在另一个春天里,它不会变成一只新的、生机勃勃的红嘴雀,重新回到这个世界呢?

愿大自然,宇宙间,生命的信息永存。

(作于 1991 年 4 月)

逛潘家园

周六,逛了北京潘家园旧货市场。

喜欢艺术收藏、倒腾瓷器字画、把玩古董奇石的人们,如果没去过潘家园,简直是一大遗憾。

京城东南角,过天坛公园往东再往南,国家体委后身儿,那片新居民区的中间,有一大片空场。南北搭起高数丈、宽数十丈的大棚,灰墙围起偌大个院子,这就是闻名中外的潘家园旧货市场。

每逢双休日,像赶集一样,京城的收藏人士、文物贩子、古董商人、业余画家、倒腾破烂的、珠宝爱好者和经营者、旅游者、好事者、等闲者,都聚集此处。

百米长街的围墙外停满了自行车,院子里的小轿车、小货车也挤得水泄不通,沿墙边内侧一大溜,叫卖各色小吃的摊位红火异常,就连收费厕所也都拥挤不堪。

在大棚内外,摆摊儿的一个挨一个,大约有千把个摊位。各种新旧瓷器、古董家具、铜佛、古钱、仿名人字画、翡翠饰物、鼻烟壶、老杂志、像章,等等,所有稀奇古怪五花八门的玩意儿,应有尽有。

这些物品有一个共同之处:都是旧的。这里的行市也是,越古越旧、越老越好。即使有好多东西是新的,也要"仿古""做旧"。

逛摊儿的那位往前一凑,拿起个物件瞧一瞧,摊主就开口了:"先生,看上了吗?给个价。"如果你端详一座小铜佛,他会推荐道:"嘿,您真有眼力,这是北魏的。您瞧这铜锈,真正的老玩意儿。"懂行的摇摇头:"您别蒙我,我懂。要是真的,我出十倍的价钱。"

我到那里时大约早上九点。据说越早去越能看到好东西,很多人都是凌晨三四点钟就到了。卖的占摊位,买的去抢第一批货。

据说真有好东西,买主拿个大手电,在摆摊的那儿,从麻袋里把个古瓷器剥出来,揭去包着的报纸,用电筒一照便问价。有明瓷、清瓷,还有汉以前的陶器,真正的古物，甚至是官窑。

当然，也有趁着天黑蒙人的，但敢拿手电筒半夜到这儿来买的，也都不是吃白饭的。一开口就是几千上万。见了好东西抱着不放，砍了价觉得合适，放下钱抱了东西就走。稍一耽误，后面又上来一位，价钱立马上翻，说不定就没你的份儿了。

所以，在这儿，既要懂行，又要能砍。古物没价，买得好可以便宜几千，甚至能淘到上拍卖会的宝贝，那就不是以千为单位的事儿了。

也有花大价钱买了假货的，但只要交钱收了货，即便是假的也得认栽。不包退包换，是这儿的规矩，谁让你没眼力？

大部分好物件在黎明到来之前已经"瓜分"完毕。剩下的就没啥了——懂行的都这么说。

当我九点钟到那里的时候，虽然人还是不少，但东西已经被筛过一轮了。

在大棚外边，有从天津、山西、陕西、河南甚至云南、新疆赶来的文物贩子，不少人破衣烂衫，头发乱糟糟，南腔北调，高声阔谈。

他们带来的东西也都是用破麻袋、旅行包装着。打开一看，带着土渣，像刚出土的。也别说，真正的好货、古董，还就是从这些人手里出来的。

在转悠的人群中，真有懂行的。看着不起眼，穿着件蓝制服，说不定就是专家或鉴定大师。真人不露相，他们一般只看，不开口。有的人带个放大镜，轻易不拿什么东西，如果拿起个什么，必端详半天。此时，身旁往往陪着一个拿大哥大、提小黑包的人，耳语几句，说不定就砍价成交。

一个穿蓝外套的农民拿出两样东西：一个是半米多高的铜佛，法相庄严，身上铜斑带着紫星和黄星，一看就是古物，其神采绝非假货所能模仿；另一个是个瓷罐，远山近水青花瓷。

一位略秃头穿夹克的人捧着瓷罐左看右看，对另一位戴眼镜的同伴说：这是件清瓷。虽不算老，可是真东西，应该在乾隆以后。当时官窑民窑不分，官窑的东西越做越差，皇帝下令在民间出售；民窑所出也不错，所以这件东西也许是从官窑流入民间的。跟卖主砍价，出价800元，那农民起初不卖。

后来我从别处转回来时，那尊铜佛已经不见，而青花瓷罐也已转了手。秃头就坐在旁边，手里摆弄着那件瓷罐，吆喝着：真正的乾隆青花！您瞧瞧这花纹多棒！一位凑上来问价，答：想买掏1200元拿走！少了这个价别问！

就这么奇怪，刚从你手里买过来，转手就可以翻出几百块卖出去。当天买进当天出手，这就叫"倒腾"。懂行的可以用很低的价钱从农民手里买到真东西，然而其意不在收藏而在转手，从中赚取差价。即使卖不出，留下来也不会赔钱，关键是眼力，同时能砍价。

这位说，那个秃头是什么人？旁边一位混混模样的指着他向一位农民说：他是专家！专门研究瓷器的！

我心里说，未必！专家跑到这儿来坐地倒腾？充其量这位懂一点儿，是个文物贩子，很可能是个骗子，跟混混商量好了一起蒙人。

另一边厢，有位戴眼镜背书包的，买了个大瓷瓶，正让摊主包好。摊主满口天津腔，嘴里不停地说："您在我这儿算买对了！全是真的，没假货！今天朋友结婚，急着赶回去，挥泪大甩卖！您再看这三个烟袋，一套，大中小三号，这烟袋嘴是银的，杆是正宗紫竹，真正的老货，我只要60块钱，一分钱没赚您的，您转手100块以上，准能卖出去。您看不出来吗？我这是往您手里送钱哪。我看您人不错，才这么便宜卖给您，别人想买我还不卖呢！60块钱，不信您满场转，如果有哪位比我这东西卖得便宜，我爬着走！好东西别错过机会，过一会儿别人就来抢了。"说着，就把那三个烟袋往眼镜手里塞。这么着，果然成交了。

卖珠宝首饰的那儿有不少翡翠饰物，大部分是B+C货，人工上色，不值钱的。但也有懂行的拿个手电筒照，瞧玉质、看色泽。我早就对翡翠有偏爱，有心买个佩在胸前。见一小金鱼饰物挺可爱，红中带绿，系的红绳上还有一块黄豆般大的孔雀石。问价要150元，我划价80元，成交了。后到其他摊位看，相类物品才70元，还可再砍价。回到家用放大镜细看，见那金鱼人工上色痕迹极明显、粗糙、简陋、有裂纹，顶多值20元，方知上当。

潘家园市场上卖银圆的有不少，但据我所见，绝大多数是仿品，只是有的作假作得逼真，大部分一看便知是假货。摊儿上的银圆不能买。我对于银圆略懂一点，因为手中有几块祖传的"袁大头""光绪元宝"，经常把玩；此外我也买过数百元的假币才有此教训。

由此推之，旧货市场上，绝大多数物品是有意做"旧"的假货，真正的旧货并不多。只能说：假作真时真亦假，让人迷惑，分辨不清，多数人上当，少数人捡漏，真正懂行的人冷眼旁观。

  这么说来，整个潘家园就是个人生大舞台，其中的一幕幕活剧，也是社会人生的写照。

（作于 1998 年 10 月）

人在迷途

那天,我想去北京马甸邮币卡市场逛逛。

两年前我坐地铁去过那儿,现在忘了在哪个站下的车,只记得出了站走了很长一段路。这次想少走点儿路,网上搜搜,看有没有直接到那儿的公交车。交通指引告诉我,先坐地铁到积水潭,再倒某路公交车,下车后只需走640米就到了。

满以为这次轻车熟路很快到达,没想到迷了路,绕了很大一个弯子,几经曲折,还是没找到地方。

我下了公交车后,按照两年前的记忆,把目的地定位在公交车站西北方向,一路寻去。路过一所小学,绕过几处居民区,以为邮币卡市场就在前边,可是没见到那个市场的影子。于是再向西，再向北，一直转到新街口，还是没找到！

问过两个路人，一个说不知道，一个往东一指，说："挺远呢！"

在一处公交站牌的地图前，对着地图研究了半天，还是一头雾水。心里纳闷，上次来，明明就在这个地方，这次来，方圆几百米的一个大市场，怎么凭空就不见了呢？

我在那一带转啊转，绕了几个圈子，最后走回下公交车的附近，一个小时过去了，又站在了原地。真是"大白天遇到鬼打墙"，这640米的距离，已经走了将近它的十倍。

当我再次来到那个叫"德外关厢"的地方，觉得这里似曾相识，却又像从来没到过。

又问一个路人："附近有一个邮币卡市场吗？怎么走？"那人说："你说的那个市场不在这条街，这里是德外大街的西边，要过了天桥，到大街的东边。"

他的这几句话让我一下子茅塞顿开。原来，我按照以前的印象，把地理坐标搞错了，以为德外大街就是上次下地铁后走的那条街。其实，上次我走的是东边鼓楼外大街，离这儿差了一条街。

路人的话为我指点迷津。一旦明白过来，事情就简单了。上天桥，过马路，东行，左拐，马上找到了那个市场。

然而，一下午的时间也快过去了，因为还有别的事情，邮币卡市场没来得及逛，就得往回赶。

不过，这段迷途知返的经历，还是让我觉得不虚此行。每个人都有自己的人生目标，你要搞清楚从哪里出发，到哪里去。仅仅知道这些还不够，还要确定自己眼下所在的坐标和方位，找到努力的方向和起点。如果位置搞错了，起点弄反了，很有可能是南辕北辙，你的努力不仅不会使你到达目的地，反而可能让你离目的地越来越远。

一般来说，人的一生当中，有清醒的时候，也有糊涂的时候。所谓"当局者迷"，也许在某个阶段、某件事情上执迷不悟，或者依靠老经验，或者听信了谗言，或者执着于某种幻想，走错了路，甚至一条道走到黑，不撞南墙不回头。

幸运的人，虽一时鬼迷心窍走入歧途，但经高人指点迷津，可以幡然醒悟。就像我自己，虽身处迷途，终有明白人指路，回归正途。一旦回过神来，才觉得以前在迷途中的困扰和挣扎是多么荒唐。

人生三景

往往是,一个先入为主的概念,一个充满诱惑的假象,一个以前的老经验,就可以把你引入歧途。如果说,真理和谬误只有一步之差;那么,以我的经历也可以这样说:正途和歧途只隔了一条街。

一般的行路误入歧途,只是耽误些时间,而人生之路如果迷失方向,那付出的代价就大多了。某些贪官,某些奸商,某些唯利是图的人,其实就是在歧途上狂奔,还自鸣得意。真正有大智慧的人,早在旁边冷眼观看这些蝇营狗苟之辈,知道他们离真正的幸福、离人生的真谛是多么遥远。

当然,多数人的迷失属于认识问题,经验不足,阅历不够。吃一堑长一智,迷途中的求索和寻找也会成为日后的财富。

在人生的十字路口,要始终保持清醒,多问几个为什么,不要怕张嘴问路,不要怕向别人求教。"听君一席话,胜读十年书",一个明白人的几句提醒,就可以让一个糊涂人迷途知返,回归正道。

(作于 2013 年 12 月)

我的上海牌手表

我的腕上戴着一块上海牌手表。

20世纪六七十年代,上海手表是时髦货,买一块要花掉一个成年人两个月工资,绝对是青年人梦寐以求的奢侈品。

这块表是父亲买的,他戴了几年,我大学毕业到北京工作的时候,父亲把表送给了我,为的是让我上班守时,工作方便。

这块表戴了几年,后来电子表兴起,不仅走时准,而且款式新颖多样,我就把上海牌手表当作过时的"旧物"扔进了抽屉,多少年不再光顾。就像多年不再联系的旧友,把它忘了。

人生三景

之后那些年里,一块块不同款式的电子表在我的腕上不知换了多少,大都在不长的时间里就破损或停摆。一块电子表超过一两年不出毛病已是奇迹了。

再后来,手机大普及,都有显示时间的功能,很多人索性连电子表也不戴了,我也很长时间腕上空空,没有手表,没觉得不方便。

退休后的某天整理抽屉,从角落里发现了这块上海牌手表,有一种老友重逢的惊喜,就把它戴在了腕上。上弦之后,表针就轻快地转动起来。把表盘贴在耳蜗处,仍可听到"叮叮"的细微响声。

一天之后再看,很准时。忽然觉得,对我这个年逾花甲的老人,戴着它挺合适,虽有些老套,却不俗气,看时间不必掏手机,抬抬腕子就可以了。

渐渐地,越发喜欢上这块上海牌手表。它外表朴实无华,椭圆形表盖,银色表针和刻度,金属表链,整块表就是一块用不锈钢制成的精密机器。它没有新颖的造型,也缺少花哨的功能,却结实耐用,50年了,同刚买时差别不大,没有经过修理,也没更换过零件。只要给它上弦,就悄无声息地走下去,不停歇、不误时。它没有新潮手表那些繁复多样的功能,这也正是它的优点:目标单一,没有花架子，不易出纰漏。

有时我忘了上弦，它会暂时休息一下，只要重新上弦，表针就又轻快勤勉地运行起来。

忽然觉得，上海牌手表就像20世纪五六十年代的普通劳动者，那些有着专业精神和专业技能的工匠、教师和科研人员。他们忠于职守，目标明确，一步一个脚印，走得踏实而稳健。他们所求不多，却数十年如一日地默默奉献。不急不躁，低调务实，就像这块上海牌手表，既不快，也不慢，只要定时上弦，它工作的节奏就不会差到哪儿去。而且总是那么有分寸，有节制，弦上得再满不会快多少，弦松一些也不会慢多少，有一种"宠辱不惊""张弛有度"的气质。

我在香港工作期间，曾经买过一块瑞士品牌的"嘉多利"机械手表，通体金黄色，看上去透着一股富贵气。有显示星期的日历，还有自动上弦功能，不用扭动弦钮，只要摆动手臂，表针就可以永久运行。手表的背面是一块有机玻璃，可以看到里面转动的陀轮。戴着它，仿佛身份一下子高贵了很多。可是，这块表戴了不到三年，就因为腕上的汗渍把表的后盖腐蚀掉了，不得不扔在一边。

相比之下，上海牌手表就平凡多了，没有华丽的颜色和繁复的功能，只有计时一个最基本的职能，可对大多数人来说，这就够了。"路遥知马力，日久见人心"，20年之后再看，上海牌手表仍在，"嘉多利"已无踪迹。

那些世界名表，其实和这块上海牌手表的特质是一样的，都称得上精良、守时、耐用，甚至可以传世。不同的是，前者都是价格昂贵的高档饰品，没几万块下不来，只为有钱人拥有和享用，而这块上海牌手表，堪称价廉物美，有贵族气质却只需工薪阶层可以承受的价格。

如果说机械名表可以作为收藏品，那么上海牌手表亦当之无愧。

（作于2018年10月）

麻辣鸭头的故事

小区的食堂除了供应主食炒菜外，还卖各种卤味，如猪肘、猪耳、酱牛肉，等等，深受居民喜爱。此外，每周逢单日，还有鸭头、鸭脖、凤爪之类，也很抢手。其中一款麻辣鸭头，价格便宜，味道十足，只要摆出来，就很快卖光。

美食家们都知道，家畜家禽"筋头巴脑"的部分，最精细、最入味，比那些"肥膘瘦肉"更耐人咂摸和咀嚼。

自从某日我被这款鸭头"麻"到之后，再也忘不了这一口。鸭头外面的软皮、下巴周围的嫩肉，里面的筋和脑仁，都浸足了又麻又辣的卤香味，就着米饭下肚，格外过瘾。

麻辣鸭头物美价廉，却数量有限，且只在每周一、三、五中午才有供应，要想买到，必须提前去排队。中午的开饭时间是11点20分，我想吃的时候，一般11点就等在柜台窗口前。

那天是周五，我提前赶去排队，没想到售货员告诉我："今天没有鸭头了。"问为什么，她说："今天的鸭头被人全部预订了。"

"啊？柜台出售的鸭头，还能预订？那我也预订！"

"你只能等下周了。"

当我周一到食堂预订的时候，看见一个高个子胖男人正从售货员那里接过一大包麻辣鸭头。我才知道，是这个人把所有的鸭头订走了。

又没吃到鸭头，心有不甘，于是对售货员说："我提个意见：像那些受欢迎的副食卤菜，只应该现场排队购买，不应该接受预订，这对别人不公平。"

"你的意见我向上边反映一下。"女售货员说。

此后不久，果真取消了预订，只要提前排队，就能买到鸭头。

一天，我11点左右赶到食堂，发现那个高个子胖男人已经排在第一位。看来，我遇到了"竞争对手"，这个高胖男人和我一样，也爱吃这一口，而且是"大手笔"。此前是全部预订，现在不能订了，又早早抢占第一位，似乎是一门心思要把八到十只鸭头全部扫荡一空。

看他那满脸赘肉的样子，猜是个不好说话的主。不过，我还是想试一试，就对他说："我也是来买鸭头的，如果你少买一两个，我就排在你后边等；如果你要把鸭头全部包圆，我就不等了。"

胖男人说："我家里人都爱吃，这些还不够呢，所以一个也不会剩下。"

跟他没商量，只好转身离开。心里有点不舒服，想："都住一个小区，怎么说也是邻居，十个鸭头，哪怕匀给我一个，也是一种善意啊！"

有了教训，我学乖了，只要想吃鸭头，就提前半小时赶到窗口。以前只买一两只，现在一次买四只，每顿饭一个，够吃四天。只要看到胖男人排在了前边，我转身就走，不存幻想。

又一个周五，我想吃鸭头了，不到11点就站在了窗口前，一边看手机一边等。过了一会儿，看见了胖男人，这次他来晚了，我在他前边。显然，他认出了我，站在那儿愣了一会儿。

我猜，接下来他该怎么办？是排在我后边等，还是同我商量？结果，他既没排队，也没同我商量，而是转身离开了。

我开始琢磨这个胖男人的心理：一、他知道我也是个"鸭头迷"，这次赶个大早排在前边，没准儿也会像他那样来个"大包干"，等也白等；二、此前他曾经拒绝了我分享鸭头的请求，这次如果反过来求我，是一件很没面子的事，还可能吃"闭门羹"。既然如此，还是走为上。

其实他多虑了，八到十个鸭头，我最多买四个，应该有他的份。可他顾及面子，知难而退。

我如愿买到鸭头，又产生了这样的想法：看来，我和他之间，已经形成了一种互不相容的竞争关系。下一次，他为了买到鸭头，会比我到得更早。我呢？如果想吃鸭头，也要努力赶在他前边。这样争下去的结果，就是彼此都很累。

假设一下：如果这个爱吃鸭头的胖男人，在面对我第一次请求分享的时候，大度地说"没问题！"虽然少买了一两个鸭头，却结识了一个朋友。当他下次来晚了，恰好碰到我的时候，就可以理直气壮地要求我匀给他几个。这样，我们之间不就形成一种"良性互动"了吗？

《菜根谭》有言:"路留一步,味减三分。"意思是路径窄处,留一步给别人行走;滋味浓的东西,拿出三分让他人品尝,这是中国古人为人处世的一种"极安乐法"。

其实,不光是买鸭头,我们做任何事情,特别是牵涉好处、利益、人际关系、合作交往等事情的时候,总要留有余地,掌握分寸,不要把事情做绝,把优势发挥到极致。

可是,道理好讲,真正做起来就不那么容易了。有的人,在自己处于主动地位的时候,在拥有权力可以左右事态的时候,往往会不自觉地随心所欲,追求利益最大化。殊不知,这其实也给自己留下了隐患。当他有一天需要别人伸出援手、帮他一把的时候,已经把人得罪了,再也张不开嘴。

这件事还告诉我:给人留一条路,也让自己多条路。反过来说就是:今天你堵了别人的路,也是绝了自己今后的路。

(作于 2019 年 11 月)

老铁匠

离家不远的一个院子,住着一位老铁匠。

我常常路过那个院门口,总见他戴着一副老花镜,坐在那里用榔头敲敲打打,把一片片凹凸不平的废旧铁皮,做成烟囱、铁桶、土簸箕。他依据材料的大小长短,因材施用,拼接组装,原来散乱无用的东西,都变成了有用的物件。

只要天气好,我总见到这位老人在做他的铁匠活儿。他手中的工具就是一个铁锤、一块铁砧、一把铁剪,十分简单,可做出的东西却都很地道。

他干活极认真,路人来来往往走过身边,从不抬头环顾,只一心摆弄那些洋铁皮,仿佛艺术家进入了创作的境界。

老铁匠做好的铁皮器物,一件件排在墙边,就像一队身着铠甲的士兵,他俨然就是司令官。

做完的物件被送到哪儿去,卖到什么地方,无从知晓。

客观地说,他的那些铁匠活儿真够水平,但在当今,机械化已经把手工业排挤得所剩无几,他做好的那些物件又有多少市场,能卖几个钱呢?

我曾为老铁匠的产品销路担心,更不理解这个早就退休、满脸皱纹、身材矮小的老头儿,为何还这么辛勤劳作?按说,他该坐在家门口逗小孙子玩,或者坐着藤椅,沏一壶茶,边喝边听广播里的京剧唱腔,这才是他的晚年生活。

他不该这么辛勤劳作,然而,他依然这么不停地敲敲打打。

有一天,我骑车走过那个院子,再次见老铁匠在门口敲打着。我恍然明白过来:铁匠活儿是他生命的一部分,铁榔头是他的老伙计,他都离不开,就像酒徒离不开酒、赌徒离不开麻将、作家离不开纸和笔一样。尽管他的手艺已经过时,尽管他老胳膊老腿一天做不出几样东西,但他仍然会做下去。生活没有教会他别的，他只有这一种本领，他曾经靠这门手艺挣了一辈子的饭钱。

如今，没有人再向他学这门手艺了，他应该是最后一代铁匠。也许，他不愿意让这门手艺默默无闻地荒废掉，于是用一件件"作品"来显示其存在；也许，他做了这么多年，已经习惯了敲敲打打，闲下来反倒难受，只有在"叮叮当当"的敲打声中才觉得踏实，至于做出来的这些东西能不能卖，卖多少钱，都不重要了。

由此，我又想到了那些真心追求学问、埋头于艺术或其他"过时"行当的人们，在商品大潮席卷而来的时候，当社会为人们提供了无数新的机遇、新的前景、新的多彩人生的时候，那些"过时"的学者、艺人们，就像这位老铁匠一样，有一种被冷落的悲哀。

"艺术家"的头上已经没有了那圈炫人的光环，失去了众星捧月般的荣耀，艺术的门槛外已经变得十分冷落，多数禅心未定的门徒转而去投靠更时髦、更实惠的职业，留下的只是像老铁匠这样的死心塌地、干了一辈子，只能干这个、干不了别的的"老顽固"。

"过时"的艺人们就像这老铁匠一样，独处一隅，敲敲打打，自得其乐。不管合不合时宜，只要他们全身心投入，将功利目的抛到九霄云外，总会让自己活得充实，也总会给这个世界留下几件有用的东西。

（作于1992年5月）

一个乞讨者的尊严

临近午夜时分,最后一班地铁里,靠近列车头部的一节车厢内,零零落落坐着昏昏欲睡的乘客。

一阵喃喃的类似呻吟的声音从后面的车厢传过来,伴随着这声音,走进一位年逾花甲的老太婆。她的头发花白而稀疏,矮矮的身子向前佝偻着,就像一截灰黑色的木桩慢慢向前移动。

她脸上堆着笑,时左时右地向两旁的乘客伸出手,虽然嘴里的声音含混不清,但手上的动作却十分明确,那就是乞求施舍。

她的身上背着一个蓝布袋子,里面塞了些随手在车厢内捡拾的空塑料瓶。

我曾经在地铁里多次见到这位乞讨老太，这条线路就是她每日谋生的必经之途，一天不知往返多少趟。此时已是末班车，又走到车厢尽头，该是她"收工"的时候了。

果然，她在向最后一个乘客伸过手之后，便试图找个座位坐下来。

正当她准备在一个角落坐下时，她看到面前座位上一对年轻人向她投来厌恶的目光，并向一旁躲闪。她停顿了一下，放弃了那个座位，往回走了几步，坐在了我旁边的位子上。

此时的我忽然觉得有些不自在，下意识地掏出钱包，从里面取出一张一元纸币，向她递了过去。

令我意想不到的一幕发生了：老太婆坚决地把我的手推开，并没有接受我递过去的纸币，而是昂着头，显出一副严肃的神情。起初我没搞懂她这个动作的含义，又掏出了一元纸币，两张一起递过去。

这一次她把我的手按住，再次表示拒绝。然后，起身离开，坐到了另一处空座上，埋头整理起那个蓝色袋子里的捡拾物品。

这个矮小干瘦老太婆的一系列举动，令我十分震惊。一瞬间，我看到了一种凛然不可侵犯的尊严，这尊严来自一位刚刚还在低三下四乞讨的乞丐，形成了极大的反差。

人生三景

一个以乞讨为职业、以放弃尊严为代价换取别人施舍的人,此时,却用一种拒绝施舍的行动,表明了她作为一个人的尊严。

我想,也许是她刚刚受到那对年轻人轻蔑目光的刺激,也许是她从坐下的那一刻起,已经不再把自己当作一个乞丐,而是与车厢内所有乘客一样平等的人。总之,潜伏在她内心的"人格"复活了。

我突然明白过来:每一个人都渴望得到别人的尊重,每一个人都有自己的那一份尊严,哪怕她是一个乞丐。其实,不光是乞丐,所有那些为生活所迫的人,他们不会总是处在没有尊严的状态之中。他们可以在"工作"的时候表现得谦卑低下,但不代表他们总是卑下。当他们脱离自己所扮演的"角色",不再"工作"时,另一个不再卑下的人格也就复活了。

乞讨的老太婆在坐下的那一刻已经完成了"心理角色"的转换,而我还把她当作一个乞丐,于是她便用断然拒绝的行动告诉我,她已经是一位"乘客",不再是乞讨者,她的人格已不能轻视,她的尊严已不可亵渎。

(作于 2014 年 2 月)

下编 心之愿景

仰望星空的人

从来就生活在地面,却总是仰望星空;从来就没有长出翅膀,却总是幻想着飘在云端。白天,在奔波劳碌中做着平凡的事情,夜晚,总要坐在属于自己的那盏灯下,阅读,思考,写作,品味人生。

世界上有各种各样的人,也有各种各样的活法,但总有这么一些人,他们既生活在现实里,又似乎生活在梦境中。他们也许是诗人、学者、艺术家,也许只是一个普通的打工者,但有一点是共同的:他们都是富于幻想,喜欢追梦的人。

梦想虽然有些虚无缥缈,但却可以给自己的生活增添色彩,融入情怀。在"望星人"看来,物质的追求固然必不可少，但爱情的滋养、心灵的感悟、哲学的思考、精神的满足，更值得向往，值得追求。

他们，不肯就范于平庸，不肯迷失在尘世，总是在寻找人生的意义，寻找生命的真谛。"我来自哪里？我又向哪里去？""人活着，究竟是为了什么？除了衣食住行，还应该有怎样的人生目标？"……

夏夜的星空，很美，很神秘，银河浩瀚，苍穹深邃。不知哪位诗人说过，人，其实来自天国，地球上的每一个人，都对应着天上的一颗星。于是，在满天星斗的时刻，他们总是不由自主地抬起头，遥望天河，寻找属于自己的那颗星星。

他们也会向着神秘的夜空，遥远的银河，发出自己的"天问"，送出对亲人的思念，对理想的期待，对未来的祝福。

老人们常常告诫年轻人：要脚踏实地，不要好高骛远；要安分守己，不要胡思乱想。然而我想说，日常生活已经使人如负磨盘，如果再把想象的翅膀收敛，如果夜晚的天空晦暗无星，那么，所谓生活还有什么意义？人，岂不真的成了行尸走肉？

人，总要有那么一些时候，忙里偷闲，脱离周围的喧器,脱离物质化的一切,走进心灵,走进诗,走进音乐和艺术。或者,走向郊野的夜空,抬头仰望星辰或月亮,对着自己默默地诉说。

如果,你的眼光超越眼前可见的事物;如果,你的想象时常与日月星辰相伴;如果,你给自己的想象插上翅膀;如果,你经常让思绪在云端里飞翔——那么,我以为,即使生活中有诸多不如意,你仍旧是富足的,你也会是一个幸福的人。

(作于 2015 年 1 月)

方向比努力更重要

整理家中闲置物品，在一个大抽屉内，发现了不少电子产品，有磁带录放机、录音笔、台式万年历、电子辞典、MP3、手机以及五六块电子手表。这些物品有的已无法使用，有的跟新的差不多。

上述曾经的"高科技"产品，在过去那些年曾风行一时，引领过某个时期的消费潮流，也陪伴着我和家人度过了一段有色彩有温度的生活。随着科技日新月异，智能手机普及，这些曾经的时髦货已是"明日黄花"，沦落为"食之无味、弃之可惜"的"电子垃圾"。

整理时还清出不少日用品，尽管经历了岁月淘洗，因和日常生活联系紧密，仍具有一定的使用价值。比如剃须刀、电吹风、指甲钳、温度计，等等，虽然款式老旧、外形不美，但并不影响使用，随时可以回归我的生活。

还有第三类文化用品和收藏品，如文学名著、工具书、邮票纪念币、书法画作、玉石雕刻之类，它们不仅具有长久的保留价值，而且年代愈久愈显示出其珍贵。

相比前两类，第三类物品更多地作用于人的精神生活和审美需求，是数代乃至更长时间积淀下来的文化结晶。通常，它们被用来收藏和传承。

由此悟出，一件物品的实用价值，往往和时间成反比例关系，越是紧追时尚的东西，越是贬值迅速；越是看似"平常""无用"的东西，反而可以留存久远。

从物品联想到人和人的追求，也有一个价值取向的"时效"和"生命周期"问题。

赶潮流、追时尚，也许在趋势的风口浪尖红火一时，但很快大浪淘沙，成为"沉舟""病树"，风光不再，就像那些"电子垃圾"。

追求本真的生活，掌握一门无论何时都可以为人所用的技艺，也许没有大风大浪，平淡一生，却如一坛老酒，无论自饮还是待客，都甘醇宜人。

崇尚文学艺术，音乐美术，文化经典，初期会长时间默默无闻,但随着岁月的流逝,越是年代久远越显露出其精神价值,并且可以传世。就像上等的沉香,总是发出淡淡的幽香,历久弥新。

同样是追求有品位的生活,也存在着趣味和取舍的差异。我退休后参加了两个合唱团,A合唱团经常有演出、比赛的"任务",学的歌曲以激昂雄壮的"红歌"为主。虽然指挥老师也要求唱歌时要"高深竖直",但受歌曲内容和演出需要的影响,总体上是高亢洪亮的《黄河大合唱》。B合唱团没有演出任务,也不参加社会上的各种比赛,只一门心思地陶醉于"纯音乐"。该团指挥是一个受西方音乐熏陶多年的专业人士,他表面上说大家是在"玩音乐",其实是把合唱的排练过程当作对世界经典音乐文化的求索和享受。学的歌以西方名曲为主,要求发声轻柔,声音统一,拒绝个性,追求音阶和音调的复杂变化,以及多声部的混合共鸣。

以我从前的音乐底子,参加A合唱团的排练,大体可以做到驾轻就熟,应付自如;可在B合唱团却很吃力,深感自己的音乐素养和声音质量不能胜任,但每一次排练都有新的提升。经过几年的努力,有渐入佳境的感觉。合唱时八个声部的不同音响汇合成"嗡嗡"的共鸣旋律,在不大的厅堂内飘荡回响，就如同西方教堂里的唱诗班，让你自然而然有一种精神被洗礼、灵魂被净化的感觉。

一个人追求什么，同他的阅历和修养有关，也同他的认识和境界相连。

看到一篇文章，讲华为和另外两家巨头公司争夺科技制高点的故事。2008年，拥有4万名员工、8000项专利的加拿大"北电网络"公司倒闭了。接下来，华为、诺基亚、爱立信三家电信设备制造商开始"瓜分"北电倒闭后留下的"遗产"。诺基亚把北电的技术设备和专利全部以"白菜价"买了过来；爱立信则迅速把倒闭者的客户资源收入囊中。华为做什么呢？抢人！几乎把北电的高端人才全部高薪请到自己麾下，然后在北电众多研发中心所在城市，再建一个新的研发中心，那些工程师只需换一幢写字楼，继续在原来生活的城市上班，拿的薪水比过去还要高。

这就是眼界、胸襟、判断力在做出重大决策和取舍时所发挥的作用。在任正非看来，技术设备和专利总有过时的一天，而人才才是创造未来的第一要素。只要有了人，就会有源源不断的创新，源源不断的专利和市场。人才，才是企业生存发展的不竭动力。

十年后，华为已成为引领世界5G潮流的科技巨头，诺基亚、爱立信则不见了踪影。

所谓"路线"，就是选择，就是方向，就是你准备做的事情。有什么样的智慧、境界、眼光，决定了你对什么东西感兴趣，也决定了你会做什么样的事情。

一个人如果没有智慧的引领，前路不明，懵懵懂懂，埋头拉车，那么他所有的努力只会让他偏于一隅，离美好的目标越来越远。沉迷其中时，他还不知道，自己拼命追求的那些东西，也许很快变为"垃圾"；一时的所谓"业绩"，也很快被人遗忘。

有人说，有多大的格局，做多大的事情，所言极是。不过也要看到，好高骛远、好大喜功，追求过于虚幻的目标，也是一种执迷；缺乏对主客观环境的清醒认识和理性把握，缺乏脚踏实地求真务实的精神，盲目自信，进退失据，也是一种局限。

"不识庐山真面目，只缘身在此山中。"当你终于有一天豁然开朗，摆脱了过去的局限，上升了一个层次，就会发觉，过去追求的东西多么可笑，就像一个成年人在看小孩子玩的游戏。

当然，话也要反着说：人各有志，对幸福的理解千差万别，根本无法用一把尺子衡量每个人的价值观。小孩子自有他的快乐，哪管大人们怎么看！

　　茫茫人海，沧沧世界，幽幽宇宙，究竟哪里才是正确的方向，哪个才是终极的目标，谁能说得清？又何须强求？

（作于 2019 年 6 月）

何为"有价值的人生"?

《方向比努力更重要》一文,强调了目标比勤奋更具价值。然而,什么样的目标才是正确的选择?什么样的人生才是有价值的人生?每个人价值观不同,对幸福的理解千差万别,没有办法给出统一的答案。

然而我想,尽管人们的价值观各具千秋,人生目标的选择范围也很宽广,但总有一些共性的东西,一些普遍的原则,可以作为寻求"有价值人生"的参考标准。按照这样的原则、标准去做,就可以说:"嗯,做对了!"

我把其总结为:"两力""两感""两度",下面一一道来。

生命力:

包括物质生命的长久和精神生命的不朽。人不可能永生，但谁都希望尽量活得长远；人活世上的时间屈指可数，却都希望自己的思想、精神、美名留存于世，被后人传颂。

物质生命力的内涵，包括健康快乐，优裕富足，有品位、高质量的生活，安享晚年；精神生命力的留存形式，可以是科学发明、理论成果、艺术创作，也可以是丰功伟业、慈善捐助、桃李满天下。

能够让自己物质的和精神的生命力绵延久远，为此付出任何努力，都是值得的。

影响力：

一个人能力有强有弱，影响力有大有小，总有一些人，拥有广泛而深远的影响力。影响周围的人，影响一个团体，影响事件的发展，甚至影响历史的进程。

权力、财富、信誉、威望，是实现影响力的重要条件，可以让一个人拥有更大的舞台，动用更多的资源，指挥更多的人，做别人做不了的大事情。

追求有价值的人生，就是在扩大影响力。一个人的影响力越大，说明他的人生越成功。

很多伟人、英雄、艺术大师、科学巨匠，不仅影响当世，而且影响后世，精神生命力穿越时空，堪比星辰。

使命感：

每个人来到世间，都有自己的使命。你会成为什么样的人，你来到这个世界的目的，冥冥中是有命运安排的。

有的人自觉，有的人浑然不觉。至少有一部分人，会在成年以后的某个时刻，被一种神圣的召唤唤醒，从此成为有使命感的人。

使命，就是方向，就是命运给自己的指引。无论是家族企业的继任者，非物质文化遗产的传承人，还是投身于科学研究、文化传播、艺术创作、宗教信仰、慈善救助的众生翘楚，都是肩负了使命的人。

拥有了使命感，便不再迷茫、彷徨，从此成为一个目标明确、信念坚定的求道者。"弱水三千，只取一瓢"，其他任何阻挠、诱惑、困扰、威胁，都不会让他改变初心。

幸福感：

追求美好、快乐、幸福的生活，是人性本能，也是人的基本权利。从这个意义上说，凡是能够给自己和他人带来幸福、快乐、美好的事物，都是值得去追求的。

幸福，分为短暂的和长远的，物质的和精神的，眼前的和未来的。毫无疑问，后者才是更具价值、更有意义的目标。

如果再分,幸福感包括获得感、满足感、荣誉感,等等。真正的幸福不是一时的愉悦和感官的刺激,而是一种内心充实、平静内敛、欣然愉悦的状态。

追求幸福感,往往要以付出痛苦、抛弃暂时的"幸福"为代价。一时的挫折、磨难、失落、伤痛,是获取长久幸福的必经阶段和必要前提。

摘取到胜利果实时的幸福感,才是真正的、有深度的幸福感。

知名度:

成为有名望的人,是很多人的夙愿。名、利、权、色作为人性追逐的四大要素,名的负面效应最小,正面意义最大。位高权重让人心生畏惧,唯利是图者大都道德沦丧,沉迷色欲为人所不齿,而拥有名望令人景仰。

名望大,意味着你对社会的贡献也大;"粉丝"众多,说明你是大家认可的人。影视明星、奥运冠军、艺术大师、诺贝尔奖得主,这些在某一方面出类拔萃的人,都可称得上是人中龙凤。

名声分为身前名和身后名,美名和恶名。为今世人赞美,为后世人景仰,当不虚此生。

美誉度：

你的努力被社会上多数人认可，获得好评，说明你是成功的。得到的正面评价越多，美誉持续的时间越久，越说明你所做的事情有意义。

所谓"好评如潮""洛阳纸贵""刷屏点赞"，是美誉的无形体现；而奖杯、勋章、锦旗，则是美誉的有形载体。

有的人虽然影响力巨大，生命力久远，但不一定被社会大众认可，甚至留下诸多负面评价。有知名度的人，不一定具备美誉度，他可以成为英雄、豪强，却不能成为君子、楷模。

综合来看，"生命力、影响力""知名度、美誉度"，侧重于客观标准和外在评价，"使命感、幸福感"，更强调主观感受和内心体验。

最后，我想说，丰富的阅历、广博的知识，是使一个人思想深刻、行动自由的基础。读万卷书，行万里路，在寻求人生意义的过程中不断升华自己，在持续的求索中不断否定旧的自我，发现新的自我，找到新的目标，这个过程将伴随整个生命。

只要生命在，探索生命真谛的进程就不会完结。从这个角度来看，人生早期、中期确定的目标，未必就是终极目标。追求真理，寻找人生真谛的过程，贯穿生命始终。所谓"正确方向"，其实只是提供了一个大致的努力方向，人生没有完结，寻求生命意义的努力也不应完结。

（作于 2019 年 8 月）

"鸡汤文"与"麻辣文"

散文，按照题材分类，有抒情、叙事、评论等不同文体；按照内容分类，有时政、经济、文化等不同领域。依我近年来阅读各类网文的感受，还可以按照文章带给读者的不同心理体验，把它们划分为"鸡汤文"和"麻辣文"两类。

"鸡汤文"的称谓并非我发明，而是网民对某一类散文的形象化比喻。"鸡汤"，是具有滋补、美容等功效的高汤，"鸡汤文"，顾名思义，就是具有增加修养、补益心灵作用的"美文"。因其文风典雅，文字诗化，文意优美，很受一些读者的喜爱。

"鸡汤文"的内容，有催人自强奋进的，有喻人修身养性的，有赞人慈善公益的，有教人回归自然的，有劝人放下利益得失的，也有教化人看淡生死的。

实际上，具有"鸡汤"内容和功效的文章古已有之。从《三字经》《千字文》到《诫子书》《颜氏家训》，以及《菜根谭》《小窗幽记》等，大多是中国文人修身齐家、为人处世的行为规范和道德伦理。如今各类媒体平台上海量的"鸡汤文"，也是上述内容不同风格的翻版。

从某种意义上说，"鸡汤文"具有很强的共性特征。它们大多是从古至今对人生哲理的阐释，或是历朝历代道德伦理的总结。

初读"鸡汤文"，会觉得"味道"不错，颇受教益。可是看多了，便渐渐生出一种"腻感"，就像是吃奶油蛋糕或糖果点心，开始很解馋，再多进食就有些"反胃"。毕竟，甜食不是主食，不是蔬菜肉蛋，不能当饭吃，也无法均衡"营养"。

那么，具有"主食""主菜"作用的文章，应该是什么样子，哪种类型呢？

我认为，真正经得起历史的检验，为广大读者喜闻乐见的优秀散文，主要应该是那些关注民生疾苦、针砭社会时弊、顺应时代潮流、体现价值关怀的文章；或者是那些来源于生活、具有作者独特生命感受和个性化体验的喜怒哀乐,是作者发自心底的歌声或者呐喊。

我把这类散文统称为"麻辣文"。虽然它们的文字也许不那么优美,内容也许不那么富于哲理,甚至有些"辛辣"或"椒麻",但却极具个性化特征,"吃"起来另有一种"嚼头"和"味道",甚至让人大呼"过瘾",且久吃不腻。

"麻辣文"的典型代表,当推鲁迅先生的散文。鲁迅的文集向读者展现了一个具有鲜明时代特征的大千世界,其中的文章或是充满人性的光辉,或是带着匕首的锋芒,或是悲天悯人,或是大声疾呼,不仅个性鲜明,更警醒世人。从"三味书屋"到"百草园",从《彷徨》到《呐喊》,在鲁迅先生笔下,一个个人物是那么生动鲜活,一段段故事是那么引人深思,一篇篇杂文是那么痛快淋漓。鲁迅先生的文字,完全没有"鸡汤"味,却是"麻辣"十足。

我们每个人的生命,都会有同他人不一样的经历,我们每个人对社会、人生、历史和现实,也会有自己的独特看法,这就是"自我"与众不同的地方。真诚、完美、艺术地表达了这个"自我",才更具有时代的意义和恒久的文化价值。

我在大学时听叶嘉莹先生讲诗词,叶先生说,真正的好诗好词,首先要看它是否传达了那一种"感发的生命",也就是源于生活、源于作者心灵的感动、感怀和感悟。至于语言是否优美,修辞是否规范,文意是否流畅,都是排在后面的。诗文一脉相通,都需要有叶先生所说的那种"感发"和"感动"。

前段日子,读清代作者沈复所作《浮生六记》,发觉前四记和后两记的写作风格完全是两个样子,语言文字也有很大的差异,很像是"麻辣文"和"鸡汤文"的区别。

作者在前四记里,描述了他的家庭生活、游历故事和人生感怀,语言个性鲜明,故事生动有趣。以《闺房记乐》为例,文中有作者与未婚妻芸娘情窦初开的相互属意;有洞房花烛时男欢女爱的"春秋笔法";有新婚小两口暂别重逢的脉脉柔情;有作者和妻子谈诗论词的精妙对白;有夫妇二人同游水仙庙芸娘女扮男装的有趣故事,还有作者和妻子太湖泛舟、饮酒射覆的欢愉情景。

前四记中,处处可见源自生活的细节描写,或是充满情趣,或是催人泪下。在此引述两例:

其一:作者与表姐芸娘自幼"姐弟相呼",后"金约指缔姻焉"。一日,作者随母亲参加一位亲戚的婚礼。礼毕,"是夜送亲城外,返已漏三下,腹饥索饵,婢妪以枣脯进,余嫌其甜。芸暗牵余袖,随进其室,见藏有暖粥并小菜焉。余欣然举箸。忽闻芸堂兄玉衡呼曰:'淑妹速来!'芸急闭门曰:'已疲乏,将卧矣。'玉衡挤身而入,见余将吃粥,乃笑睨芸曰:'顷我索粥,汝曰尽矣,乃藏此专待汝婿耶?'芸大窘避去,上下哗笑之"。

其二:芸娘病重将亡,生离死别之际,有如下对话和描写:"芸曰:'连日梦我父母放舟来接,闭目即飘然上下,如行云雾中,殆魂离而躯壳存乎?'余曰:'此神不收舍,服以补剂,静心调养,自能安痊。'芸又欷歔曰:'妾若稍有一线生机,断不敢惊君听闻。今冥路已近,苟再不言,言无日矣。'……'妾死,君宜早归。如无力携妾骸骨归,不妨暂厝于此,待君将来可耳。愿君另续德容兼备者,以奉双亲,抚我遗子,妾亦瞑目矣!'言至此,痛肠欲裂,不觉惨然大恸。……芸执余手而更欲有言,仅断续叠言'来世'二字。忽发喘,口噤,两目瞪视,千呼万唤,已不能言。痛泪两行,涔涔流溢。既而喘渐微,泪渐干,一灵缥缈,竟而长逝。"

前四记中,类似的故事和描写随处可见,作者的喜怒哀乐尽在其中。然而，读到后二记，那种鲜活生动的语言不见了，那个有爱有恨的灵魂不见了，那些有笑有泪的生活场景也不见了，有的只是干巴巴讲大道理的文字，或是流水账式地记载某些地方的风土人情，读来味同嚼蜡。其中的"养生记道"，带有典型的"鸡汤"特征。

我家里的那本《浮生六记》的前言中写道："五、六两记（分别为'中山记历'和'养生记道'）有目无文，可能缺失。坊间后来有出'足本'的，五、六两记，有学者认定为伪书，但也有学者认定为沈氏本人续作。"基于上面的引述，我认同"伪书"的说法。

如果说，"鸡汤文"是在构建一个理想化的人生境界，那么，"麻辣文"则是在描绘人们世俗化的生存状态。

（作于 2021 年 1 月）

真相的力量

古今中外，总有一些事情的本来面目，由于各种各样的原因，被各种各样的力量操纵着，隐瞒着，涂抹着。

曾经看过一部电影《铁面人》，讲的是18世纪的法国宫廷，国王被冒名顶替，假国王上位，真国王被关进了大牢。篡位者怕有人认出真国王的面目，所以，即使是在暗无天日的监狱里，他也必须终生戴着铁面具。国王的脸，成了某些人不敢面对的"真相"。

真相是"可怕"的。凡是那些需要极力隐瞒的真相，都会牵涉某些人的利益，同时也会损害另一些人的利益。真相的存在对一些人是一种威胁，一个定时炸弹；对另一些人则是一把钥匙、一种福音。一旦真相大白，可能有多少人乌纱不保，多少人面临牢狱之灾。同时也会使正义得以伸张，冤案得以昭雪。《铁面人》中，如果谁看到了真国王的那张脸，就要被砍头。因此，有人说真相是可怕的，有人说真相是燃烧的。真相对世人来说，自有一种震撼的力量，警醒的力量，颠覆的力量。

真相是顽强的。某些害怕真相被公之于众的人，总要想尽各种办法将真相掩盖，或用假象来糊弄公众和社会舆论。然而，纸是包不住火的。尽管开始时真相被压制着，掩盖着，显得有些扑朔迷离，但真相总会通过各种渠道、利用各种机会来顽强地表现自己，并最终亮相于世人。寻找真相的程序一旦启动，就如同第一张多米诺骨牌倒下，它就不以人的意志为转移，而是按照其自身的逻辑运行，再难改变。真相对想极力隐瞒它的人来说，就如同多个被按在水中的皮球，这个按下去，那个又浮起来；而对社会公众来说，则如同被乌云遮住的太阳，总会穿透迷雾，拨云见日。

真相是无敌的。真相面对的是所有公众，所有社会舆论，因此它无比强大。每一个社会公众都有权利知道真相，而那些造假者、撒谎者、做局者则一定是害怕见光，不敢面对真相的。真相代表真理和正义，任何人都不敢公然同它对抗，即使是隐瞒真相的人，也要以真相捍卫者的姿态出现，大到法国国王，小到一个普通人，都是如此。撒了谎的人、设了骗局的人，为了不断蒙蔽公众和舆论，就必须用一个更大的谎来圆前面的谎，结果这个谎就会越圆越大，直到最后圆不下去，谎言破灭。真相只有一个，它会越来越集中于一点，直到最后迫近事实的核心，因此真相无比强大，所向无敌。

任何谎言、骗局、黑幕，总会有漏洞，不可能天衣无缝，因此总会有暴露的一天。俗话说，若要人不知，除非己莫为；俗话还说，躲得过初一，躲不过十五。谎言、骗局、黑幕暴露得越晚，掩盖得越久，对社会各个方面造成的损失就越大，付出的代价也就越大。早一天让真相大白于天下，既是对社会公众的一个交代，也是减少社会成本的明智之举。

林肯先生说：你可以在部分时间欺骗所有人，或者在所有时间欺骗部分人，但永远不能在所有时间欺骗所有人。因此，不管是谁，一定要对真相怀着坦诚之心，存有敬畏之心，不可有亵渎之心。

（作于2009年5月）

人生的"风景"

命运的起落，生活的穷通，遭遇的顺逆，每个人或多或少都会经历，不同的是，有的人跌倒了还能爬起来，有的人却从此陨落。

一个人，不管多么当红走运，也都经历过，或者即将经历倒霉落魄的那一刻。

人生之路不是阳关大道，不可能一帆风顺。当然，也不会总是坎坷。有坦途也有曲径，有高潮也有低谷，有落魄也有辉煌。

人生路上各种各样的"风景"，仿佛气候的春夏秋冬，日月的升沉起落，滋味的酸甜苦辣，每个人都将经历，都能感受，都会尝到。

人生三景

宋朝宰相吕蒙正作《寒窑赋》，有这样的话："有先贫而后富，有老壮而少衰。""才疏学浅，少年及第登科；满腹经纶，皓首仍居深山。"有的人，少年得志，不到中年就早早退场；有的人，早年吃苦受穷，晚景却收获桑榆。谁想到，曾经的穷小子，荣登富豪榜；难预料，昨日为座上宾，今朝成阶下囚。

多少人，为了名利权色蝇营狗苟？不见棺材不落泪，死到临头才罢休。为了争夺祖上留下的财产，有兄弟反目，也有姊妹成仇。

节气轮回，时势更迭，世事变迁，三十年河东又河西。命运之事很难以好坏论。你以为是件好事，多年后却是灾祸的缘由；你以为在吃亏倒霉，但事后也许因此躲过了更大的危机。

命运的升沉起落，常常不是个人所能左右，但只要坚守初心，不沉沦，不懈怠，终有扬眉吐气的那一天。

远离尘世，你收获平静，却也少了惊心动魄光彩美妙的生命体验；投身名利场，财富荣誉纷至沓来，常常是起得快落得也快。

有时，拼命做事总不成功，终是累赘；有时，偶一为之却成效立显，事半功倍；有时，你忙了半天一无所获，甚至惹来麻烦；有时，你手到擒来，以为成功在即，却是替别人做了嫁衣。

潮起潮落，有弄潮人，也有看潮人；世事如棋，有下棋人，也有观棋人。做潮中人还是潮外人，各有乐趣和利弊。在局中还是局外，并非个人所能左右，常常是命运使然。

人生是一场马拉松，没有谢幕，就不能说"大戏"已终。不到最后关头，就别下结论，只有盖棺才能定论，有时候，即使盖了棺，也未必就能定论。

（作于2014年8月）

取舍之间

人的天性中有一种索取的欲望，索取物质利益，索取精神成果，索取爱和友谊，索取一切自己看中和喜欢的东西。特别在人生的前半段，正是充满幻想和朝气的上升时期，对于一切美好的、光鲜的、荣耀的事物都感兴趣，恨不得把它们都据为己有。

进取当然是好事，人类社会如果没有进取的欲望催动，不可能有今天的物质和精神文明成果。但进取要有个度，一味索取而不加节制，甚至贪婪、不知足，对欲望过于放纵、对克制和隐忍不屑一顾，也会让他人生出嫌恶和畏惧，甚至给他人造成伤害。

相对于"取"，"舍"就更难一些。舍是付出，是给予，是把自己拥有的东西奉献出来，是对于个人利益的某种牺牲。

舍往往是人生后半段的事。人生的前半段，取多，舍少；人生的后半段，应该是取少，舍多。

不是每个人都能够做到取舍得当。有的人一辈子不懂得舍，一味索取不知收敛。他们索取的都是人性欲望中"名利权色"的常态事物，除此之外的幸福，比如友谊和爱、造福后人、精神信仰，他们不想，也许根本就不懂。

舍是一种觉悟，一种达观，也是一种能力。只有具备了丰富的知识和广博的阅历，有了足够的收获积累，才有得舍，才可以做到舍得自如，舍得安心。

人到了一定的年纪，实实在在地感觉到不可能长久地活在世上，总有离开的那一天，任何有形的物质财富，无论多少，离开时一样也带不走。于是就想到了，不如在有生之年，把那些带不走的东西做些处置，甚至可以换回一些能够带走的东西，比如，后人的赞美和颂扬。

这，也是一种舍。

富人们，有的成立基金会，有的捐资助学，有的救灾济困，有的奖励优才。

对很多普通人而言，舍，可以是另外一种样子。曾是

人生三景

复旦大学图书馆馆长的葛剑雄,自己家的藏书也是"汗牛充栋"。他在退休以后想通了一件事:"用不着留存这么多的书了,何必等到要死了,再由家人来处理呢?"于是,把自己的藏书陆续捐出。

浙江宁波有一位莫老太,决定在80岁生日这天捐出十架钢琴,放在城市人流量大的公共空间,供那些喜欢音乐的人弹奏,"让优美的琴声时常在城市上空回荡"。虽然她积蓄有限,但还是愿意拿出20万元,来做这样一件有意义的事情。

很多文化人的"舍"可以理解为,在有生之年,把自己拥有的那些较为珍贵的物品,比如书籍、字画、书稿等,做一个安排,不留遗憾,不把处置自己物品的"麻烦"留给后人。有的人把毕生收藏捐献家乡;有的人设立专门的博物馆陈列藏品,供后人观摩,都是一种处置方式。

我的父亲在退休后喜欢上了根雕,十几年时间,雕刻创作了数十件作品,有的参加了展览并获过小奖。大多数作品摆在了家中组合柜的上面,进屋乍一看,犹如一个个造型各异的精灵。

父亲80岁以后,常对我说:"我的这些根雕,你喜欢哪件，尽管拿走。"我挑了几件，但家里空间有限，没地方摆放，可他总是催我多拿几件，恨不得让我把那些根雕都拿走。我想，这些根雕曾是父亲的钟爱，现在不是不再喜欢，而是希望把这些心爱的物件托付给一个稳妥的人，保存起来，最好永远传承下去，这个人当然就是自己的儿子。

其实，我也到了要清理和处置自己物品的时候了。如今的我，对家里添置任何东西都没了兴趣，甚至对曾经钟爱的收藏品也兴味淡然。生活所需，只要够用、能用，就不再想着添新的。相反，从前添置的那些生活用品，很多没用过，我就想着怎么打发出去，送给亲朋，每送出一件，就像是甩出去一个包袱，觉得又给家里不大的空间腾出点地方。

前几年，我曾经把书柜里的藏书清理出几个纸箱，送到琉璃厂的中国书店卖掉。但家里的其他杂物仍堆积不少，看在眼里觉得堵心，想清理出去。此外，从前收藏的邮票、钱币、书画之类，也不想留给后辈了，琢磨着分批处理，能卖则卖，能送则送，不想把这些"麻烦事"留给后人。

我发觉，处置自己的物品，就像是给自己的女儿找婆家，总希望她嫁得好，找一个懂她、爱她的人家。前不久，偶然得到一副硕大的牛头骨，两只弯曲的黑色牛角如墨玉一般坚实油亮。东西是好，可家里没地方摆放，就想到了我的"发小"——清华美院的张教授，他是画家，在市郊有一个很大的画室。他和夫人都喜欢收藏具有浓郁人文色彩的民间工艺品，外出采风时常会带回些蜡染、刺绣、漆器之类的东西，他们的画室就像一个民俗博物馆。我想，这只带有少数民族图腾意味的牛头骨放在其中，一定很"提气"。于是，硕大的牛头骨送给了他。

一件物品给对了人，如同"美玉送佳人，佩剑赠英雄"，也会生出一种满足感。

（作于 2019 年 7 月）

人性 · 欲望 · 修养

一

四十多年的改革开放和市场经济，让中国人的物质生活发生了巨大变化。社会财富快速增长，商品和服务日益丰富，人们的物质欲望得到了前所未有的满足。

在金钱和财富的涌流中，社会的价值观也悄然发生着变化。在物质短缺时期，政治运动频繁时期，人们的物质欲求没有像现在这样复杂、多元和强烈，人们甚至耻于谈钱，耻于谈感官的享受和满足。那时的人际关系相对简单，人们的欲望被掩盖、隐藏着。

如今不同了，追求富足生活是社会公众不容置疑的权利,享受生活是每个人光明正大的愿望。越来越多先富起来的人,形成了一种财富效应,各式各样的物质欲望被激发了出来,丰满了起来。只要不违法,通过自己的努力获得物质财富和感官享受,并不丢人,反而是一件风光的事情。富豪排行榜上的人,成为众人效法和崇拜的榜样。

一段时间以来,我在思考,一个普通意义上的人,他的基本欲望和追求都包含哪些方面的内容;这些内容之间有什么联系;一个人的学识、修养、兴趣爱好,对于他的欲望、追求以及人格形成,有着怎样的影响。

渐渐地,有了一些心得,拿出来同大家分享。

古今中外,人们对于道德伦理、人格修养、自我完善等方面有很多研究和论述,我把这些方面的学问统称为"道学"。而本文所阐述的关于人性欲望的观点,姑且称其为"欲学"。

"欲学"和"道学"的区别在于,"道学"以遵从伦理道德为出发点,提倡"存天理,灭人欲",而"欲学"则承认人的先天欲望和后天追求存在的合理性,认为基本人欲不仅是生存发展之必需,而且是人类文明进步之动力。

当然,我也强调,一个文明的、自律的、有修养的人,不会仅仅为了满足个人欲望而生存,更不会为了满足欲望而损害他人。他除了有对于物质的追求，更应有对于精神的、情感的、科学的、道德的追求。他不是一个随心所欲的自由主义者，也不是以无原则的退缩、忍让来换取别人称赞的"好人"或道德模范。

在一个欲望多元化的时代，研究人们的基本欲望和追求，把这些欲求加以分类，找出其特点和规律，为的是认清欲求的正当性、合理性，从而能够理性地生活，客观地认识某些丑恶自私的现象和人类的劣根性，同时，避免因欲望的恶性膨胀可能给个人和社会带来的负面影响。

我把人的基本欲望概括为"名、利、权、色"四字，每个字代表着一个方面的欲望和追求，四个方面互相关联，互为因果，构成一个整体。

下面分别阐述。

二

名，即名誉、名声、名气、名望。代表着知名度和影响力。

这里所说的"名"，主要指在社会公众中的知名度和美誉度，并涵盖在某个专业领域内的权威和影响力。

一个人在自己擅长的领域内出类拔萃,有助于提升他的社会知名度。

有名,意味着学术水平高,艺术修养深,权力地位显赫,占有财富雄厚,以及对社会和历史有杰出的贡献;有名,意味着天赋非凡,能力出众,否则,不可能有上述杰出的成就;有名,意味着一种正面评价,得到别人的尊重、喜爱甚至是崇拜。

辛弃疾说,"留得生前身后名"。一个人来到世间,总希望做出超出常人、与众不同的贡献,在这个世界上留下自己的努力成果。只要有可能,每个人都希望自己得到他人的认可、称赞、褒奖;每个人都希望青史留名,光耀子孙。

没有人愿意平平淡淡、默默无闻地度过一生;没有人对好名声、金牌、奖状不感兴趣,无动于衷。

"名垂青史",既是杰出人物积极进取、不懈努力的动力,也是对他们奋斗成果的最好褒奖。

一般来说,知识分子、文化人、注重精神修养的人,往往更在乎好名声。他们可以对财富、权力或美色不屑一顾,却希望通过自己的艺术创作、思想理论、科学探索、发明创造为社会做出贡献。作为这种贡献的特殊奖赏,就是美名传世，流芳后人。

社会上各式各样的比赛、评奖、授勋、荣誉称号，都是为了让杰出的、有贡献的人，得到好评与肯定。

中国有句老话，叫"光宗耀祖"，这些正面的评价，会让名誉所有者在精神上获得满足，其家族亲人也会因此感到荣光。

名声，除了精神奖励，也会带来实实在在的物质利益。尽管名称、荣誉、奖牌获得者的初衷，也许并不是为了物质利益，但作为副产品，薪酬、奖金、版权、专利、品牌代言等，都体现为一种有形财富。

名声和影响力是相辅相成的两翼。名人的"广告效应"众所周知，尤其是拥有众多"粉丝"和崇拜者的公众人物，会让追随者趋之若鹜，也会让商家看到其显而易见的商业价值。

名人的话对大批"粉丝"来说，犹如"圣旨"，甚至他的衣着、谈吐、举止，都会成为崇拜者效法的楷模。

如果用某种物品或符号作为"名"的标志，可以用奖牌、奖杯来代表。奥运冠军的金牌，奥斯卡获奖影片的"小金人"奖杯，世界杯足球赛的"大力神杯"，都是对于某一方面杰出能力的最好褒奖。只有得了第一，才可以获得金牌、奖杯。无论是捧在胸前，还是挂在脖子上，都是十分开心和有面子的事情。

有"名"并非总是十全十美，也会伴随一些负面的东西。古谚认为，"负天下之名者，而天下之谤恒随"。为什么会这样？一位作家写过这样的话："你想成为伟人，无意中便把别人摆在渺小的位置；你想成为美人，无意中就把别人摆在丑陋的位置；你有廉洁的名声，就置别人于贪婪；你有勤奋的名声，就置别人于怠惰；你有孝顺的名声，就置别人于悖逆；你有君子的名声，就置别人于小人……你有了大学问，会让多少人自觉浅薄无知？你有了大财富，也会让许多原本自以为小康的人，感到赤贫。"往往是，名有多大，谤就有多大。因此，负有盛名的人，常常需要提醒自己，保持低调，以谦逊的姿态示人，避免引起他人的反感。

"名"的反面，就是平淡无奇、低调无为、默默无闻。某种程度上也说明，能力有限、水平低下，社会评价不高。

当然，人世间还会有一些远离社会主流生活的"世外高人"，他们崇尚陶渊明式的自然俭朴的生活方式，对世俗名声不屑一顾，不愿意为名声所牵累。

然而，真正能够看破、看淡名誉地位的人，还是少之又少。大多数世人放不下"名声"的诱惑，是为"名"所吸引所拖累的"俗人"。追名逐利，是人之常情，社会常态。

谁都希望自己名利加身，但若通过不正当手段获取名利，就是所谓"欺世盗名"，则为人所不齿，为道德法律所不容。

正确地对待名誉地位，既不趋之若鹜，又积极争取在为社会做出贡献的同时，获得大众的认可和好评，这是很多有志有识之士的共同心愿。

三

利，利益、好处、金钱、财富。利，意味着好的、富足的、随心所欲的生活。可以获得更多的物质资源，换取别人无法得到的商品，享受更惬意的服务，拥有更自由的空间。

"天下熙熙，皆为利来；天下攘攘，皆为利往。"凡有利可图的事情，就会引来众多人参与。

追求物质利益，寻求富裕生活，既是一个人的正常愿望,也是人类社会进步发展的基本动力。

金钱的魔力巨大,一般人抵御不了。为了挣钱生活,芸芸众生起早贪黑,奔波劳顿,孜孜以求。

为了争得财富利益,不顾廉耻者有之,不择手段者有之。财富的魔力,可以让兄弟拳脚相加,可以使夫妻反目成仇。

金钱财富之所以有这么巨大的魔力,是因为它关系到一个人的生存质量。可支配的物质资源越多,享受生活舒适度的能力就越强,追求生命自由度的空间就越大。

在一个商品化的社会中,财富可以视为一种"衡量标准",很多东西可以用金钱来购买,用价格来衡量。

一个人成功的标志,在某种程度上可以用财富的多少来标注,追逐财富也是追逐成功。福布斯富豪榜是成功人士的代名词。

"利"的象征性符号,可以用"金币"来代表。

占有欲,是人和动物都存在的基本欲望。追求,是为了占有,只有据为己有,才可以随心所欲地支配。看到好的东西,就想把它据为己有。连不懂事的孩子都会本能地护住自己的玩具,也有抢夺别人玩具的冲动,这都源于与生俱来的"占有欲"。

古谚说，"人为财死，鸟为食亡"。对于利益的追逐，对于金钱的占有欲望，会促使人们不断地创造、努力地奋斗。

尽管金钱财富为大多数人所崇尚，但也有人把它比作"魔鬼"，称其为"万恶之源"。无数丑陋、罪恶的行为，都因钱财而起。因此，无论是一个社会还是一个人，都不能让对于金钱的贪欲无限膨胀。如果不择手段地追逐物质利益，巧取豪夺，侵占他人财富，损害社会公众利益，则会受到舆论的批评和谴责，也为法律规范所不容。

任何事物都有它的对立面，这个对立面制约着它，不至于使其走向极端。如果说，"名"的对立面是谦逊，那么，"利"的对立面就是"义气"。义，就是中国文化所提倡的道义、良知、诚信。

所谓"舍生取义""舍利取义"，说的是为了维护国家民族利益，为了追求公平正义，为了完善人格，帮助他人，选择舍弃个人的利益。

义是美德的一种体现，是一个法制社会所倡导的精神文明。没有后者，社会将会变成弱肉强食、强盗横行的动物世界。

在金钱和道义的天平上，一个有修养的人，会选择道义，一个健康社会的价值观也会倡导精神文明、道德良知、爱与同情、慈善救助。这样才能避免唯利是图的价值观大行其道，保证社会的和谐发展。

道义、良心、诚信，这些品德将制约着一个人追求金钱的能力和效力。仗义疏财，对于财富的轻视，对于友谊和诚信的看重，始终应该是一个社会普遍提倡的道德榜样。

四

权，即权力、权威、控制力、强制力。

权力，可以影响事态的发展，控制他人的行为，决定资源的分配。

权力本质上是一种决定力和控制力，它带有强迫的性质。如果被权力制约的对方不服从掌权者的指挥，就会受到惩罚，产生不利的后果。

拥有权力的人还可以通过嘉奖的方式，让服从者得到物质奖励和精神抚慰，从而心甘情愿地听从权力拥有者的指挥。

权力往往同官职联系在一起。有了官职，就名正言顺地拥有了权力，权力的大小同官位的高低成正比。无论是人事任免权、财务分配权、项目审批权，还是重大事项决定权，都体现为一种能够分配资源、左右形势、决定方向和影响成败的能力。

权力越大，对外界事物的影响力、对整个事件的控制力也就越大。官职越高，所发挥的作用也就越大。

拥有权力，可以使用和分配更多的社会资源，做更多的事情，也意味着有更大的平台，可以取得更大的成就，甚至建立丰功伟业。

权力拥有者会获得别人的重视、认可，也会吸引他人的追随和颂扬。位高权重的优越感，理所当然地体现为一种人生价值。因此，权力自然而然地成为很多人追求的目标。

从人的本性看，权力是控制欲的一种体现。拥有权力，可以满足人的控制欲。

如果用某种形象来代表权力，那么皇冠、印玺，可以作为权力象征意义的符号。

任何事物，都有正反两面，权力走向极端就是独裁和暴政，就是没有制约地为所欲为。所以，要把权力关在制度的笼子里。

中国传统文化除了儒家、法家,还有道家。依照道家的处世哲学,一个有修养的人,往往不屑于为官,宁可浪迹江湖,也"不为五斗米折腰",体现为一种对权力的蔑视,对洁身自好和恬淡生活的追求。

五

色,美色、女色、性。

靓丽的容貌,优美的身材,妩媚的气质,让男人为之倾倒。

《诗》云:"窈窕淑女,君子好逑。"没有人不喜欢美,尤其是美女,常令男人垂涎动容,趋之若鹜。

喜爱美貌姑娘,把她娶回家,结婚生子,这是正常的人性欲求,没有问题。问题是,很多人往往被美色迷惑,走向堕落甚至毁灭。

很多贪官,因贪而色,有了权,有了钱,以为自己无所不能,于是为色迷,为欲痴。贪污受贿以满足色欲,最终落得妻离子散,铁窗班房度余生。

然而,人是社会性动物,要受社会道德规范的约束,不能见一个爱一个。一夫一妻制是维系现代社会正常秩序的基本规范，忠诚于配偶是现代公民的婚姻道德。超越规范，违反道德，将受到谴责甚至面临惩罚。

如果用一个符号来代表美色，"花朵"似乎是不二选择。

如果说有什么东西构成对追求美色的制约，就是婚姻。

法律规范、文化熏陶以及道德修养，都对无节制地追求色欲采取排斥的态度。

六

此前，我把人的基本欲望：表现欲、占有欲、控制欲和性欲，以及同这四种基本欲望相对应的四个追逐目标：名、利、权、色，四种欲望各自的代表性符号：奖杯、金币、王冠、花朵，作了一番阐述。下面是对这四种欲望的综论。

名、利、权、色代表了人性追求的基本动因和基本目标，人类的经济活动、文化活动和精神活动，都同这四个方面的欲求有着千丝万缕的联系。

因为有了欲望，作为个人，无论男人或女人，受过教育还是没有受过教育的,才会不断地进取、创造、奋斗,赢得成功,实现自身价值;无论是国家、民族还是企业,才会不停地发展经济、繁荣文化,不断拓展本国、本民族、本企业的影响力和生存空间。

欲望没有对错。作为人的天性,四种欲望都出自人的自然本能,是天生具备的东西。

欲望是生命力的一种体现。凡是生命力旺盛的人,也是进取心强烈的人。他会自然而然地在生命力的驱使之下,努力争取那些能够满足欲望的东西。社会学家李银河说:"人的欲望越强烈,成功的概率就越大,生命就越精彩。欲望低下,生命就会平淡。"

强烈的欲望追求,会增强个人奋斗的动力,帮助他获得成功。同时,社会文明又不允许欲望自由泛滥,提倡对其加以约束和控制。

人类历史也反复证明,如果一个社会对名、利、权、色等欲望追求不加以约束和限制,任其膨胀泛滥,就会导致腐败、犯罪,出现弱肉强食、巧取豪夺、分配不公、贫富悬殊等一系列社会问题。因此,需要通过法律、道德和纪律对人们的行为加以约束,让社会成员对于欲望的追求和获取符合一定的规则、程序和渠道,避免物欲横流、权力失控、色情污染和欺世盗名。

从个人修养的角度看，欲望是一把双刃剑，它可以成就一个人，也可以毁灭一个人。胜者掌控欲望，败者为欲望所掌控。因此，社会的价值导向提倡要做欲望的主人，而不是做欲望的奴隶。

从社会文明的角度看，为了把对名、利、权、色的追求控制在合理范围之内，就要给它们套上枷锁，关进笼子。一方面允许在"合理的界限"内满足这四大欲望，另一方面又规定了度，设置了禁区，公布了法律，要求人们不能为了满足欲望而损害他人和公共利益，否则将会受到惩罚。

名、利、权、色欲望的内涵不同，其各自的"合理界限"也有差异。比如，对于名誉、名望的追求，其边界可以相对宽泛。因为一个人的名气、声望一般情况下不会对他人造成伤害。通过自己的努力赢得他人所不具备的本领和能力（比如体育明星、演艺明星、金牌得主），或创作出杰出的文学艺术作品（比如作家、画家、作曲家），或取得科研成果、创造发明（比如科学家、工程师），这些成就对人类的进步，对人们的物质和精神生活会产生积极的作用。因此，社会不仅不会对因为创造杰出成绩而获得名誉的努力加以限制，相反会大力提倡，加以弘扬。其他三类欲望追求的"合理界限"则各有差异，比如，一个人对于色欲的追求，由于受家庭、婚姻以及公众舆论等因素的影响，就会受到较多的制约和阻力。

四个主要欲望命题，它们之间既有联系又有区别，相互之间可以转化、交换，形成一个流动的场。名声可以带来金钱，权力可以转化为利益，美色本身就常常同权力和金钱连在一起。

通常情况下，金钱可以买来任何想要的东西，只要价码出够，权力、美色以至于名誉地位，都可以标价购得。由于金钱的魔力如此之大，所以对于"利"：财富的追逐，便成为绝大多数社会成员的奋斗目标。"金钱虽不能说是万能的，但没有金钱是万万不能的。"上至达官贵人，下至凡夫俗子，都希望自己拥有足够的物质财富，以便可以用金钱来交换他想要得到的任何东西。

相对而言，对于名誉、权力和美色，由于每个人的情况不同、爱好有别，人们各自的努力目标也会有差别。有人嗜权如命，有人喜出风头，有人色欲强烈，也有人爱惜名声，各有不同的侧重。

教育、宗教、文化艺术，要求人们要鄙薄物欲，看淡名誉，过简朴的生活，追求精神的高尚，崇尚博爱、诚信、同情和慈善。这就牵涉"修养"，是另一个话题。

欲望与理性是一对矛盾。人如果没有欲望，就不是健全的生命；但人如果没有理性，就等同于禽兽。欲望太强的人容易毁灭自己、伤害他人；理性太强的人则会被认为单调乏味。

不同的人，因为教育、教养、道德、信仰等的不同，欲望和理性之间的比例也会有差异。

正常的欲望是人的身体和精神的需要，这种欲望不在于有和无，而在于如何满足它。凭借自己的劳动，在道德和法律的规范内，解决自己的欲求，即为正常；用违法手段获取欲望，即为不正常。不正常的欲望就是贪欲、淫欲，对这种欲望必须加以约束和克制。

正因为有了道德的约束、精神的榜样，以及宗教对现世生活的警示，才让这个社会变得平衡、和谐，避免了物欲横流和无序动乱。

要树立正确的欲望观，引导欲望在合理的渠道内流动。那么，合理的欲望满足和无节制的欲望追求有何区别？如果说，"合理"和"无节制"之间有个界限，这个界限在哪里？我以为，两者的界限就是：

第一，于外界而言，就是不能以损害他人和公共利益为前提；

第二，于自己而言，就是不能因为沉迷于欲望而有害健康，让生命受损；

第三，于社会而言，就是不能违背法律、道德和公序良俗。欲望的满足和欲望的饥渴不能产生过大的差距，以免造成马太效应。

七

如前所述，欲望，无论表现欲、占有欲，还是控制欲、性欲，都是生物的一种自然本能。凡有生命的物种，就有欲望追求。作为人，四大欲望便体现在对于名、利、权、色的追求当中。

然而，人不是一般意义上的生物，人应该比地球上所有其他的生物更理性、更文明、更优越。这是因为，人还具备一样别的生物没有的东西："修养"。

修养，是对欲望的反思、警醒和自觉抑制。如果说，欲望强调索取、奋斗和争胜，那么修养则崇尚舍弃、淡泊和知止。

修养，是超越于欲望之上、同欲望相悖而行的一种觉悟。没有修养的人，与动物无异；具备了修养的人，才可以说是真正意义上的人。

修养，是文化熏陶的结果，与读书密不可分，也同家庭和学校教育相关联。知识的积累可以滋补一个人的修养，丰富的阅历也可以辅助他增加修养。前者是精神升华之后形成的自觉，后者是历尽沧桑之后收获的淡然。

也有相反的情形。有的人即使读了很多书，掌握了大量知识，不一定必然具备修养。学阀、文霸不乏其人；沽名钓誉者、剽窃作伪者、卖身投靠者，并不鲜见。

还有的人，多年在社会底层挣扎奋斗，历经磨难，已对"弱肉强食""优胜劣汰"的丛林法则深信不疑，他们可以是建功立业的豪强、英雄，却同文明修养相去甚远。

物质贫乏、生活单调的年代，没有那么多的选择和诱惑，这时的"无欲"，还谈不上修养，因为没有诱惑欲望的那些东西存在。只有在面对金钱财富、美女佳人、权力名声的巨大诱惑时不为所动，才称得上真正具备了修养。

修养，还表现为一种绅士风度。危难之时，挺身而出，不畏强敌；出现问题时，不推诿，勇于承担责任；为了道义，愿意牺牲个人利益，为了民族大义，愿意舍弃生命，这才是修养。

教育家陶行知先生说："不管你有多强，守住弱；不管你有多富有，守住质朴；不管你有多得意，守住谦卑。"陶先生所说的"守"，就是一种大修养。

"舍"，是修养的一种体现，"守"，也是。无论舍财、舍名、舍身；无论守义、守诺、守心，都是站立在欲望之上的精神升华。记住了"守"和"舍"，就记住了修养的根本。

回归总题。"人性"二字拆开来看，一为"人"，即人格、文明、修养；二为"性"，即性命、本性、欲望。两者相辅相成，构成完整的"人性"。

缺乏了欲望的"人性"，如同没有主人的宫殿，虽然华丽气派，却少了生机活力；不具备修养的"人性"，犹如不系之舟、无缰之马，精神随意漂泊，心灵居无定所。这种人独居乡野也许无碍，若身处社会，必与他人生出无限纷扰和矛盾。

一个文明的社会，不能只讲欲望，不讲修养，否则与动物世界无异；反过来说，一个理性的社会，也不能只讲道德修养，不讲合理合法的欲望追求，这两方面无论缺失哪一方，都是有悖人性的。

提倡文明修养，但不必要求人人都是节欲模范；允许社会成员理直气壮地追求正当欲望，同时教育和引导人们遵纪守法，做有修养的人，这才是一个文明而理性的社会应有的样子。

（2014年6月初稿，2020年9月定稿）

地铁启示录

有一段日子常坐地铁。在赶车、乘车中,在站台、车厢内,观察到一些值得玩味的现象,虽是生活小事,却蕴含着某种深义,某些哲理。

所谓"见微知著",人生的道理常常在细微处,于不经意间显现。

一

在搭乘地铁的人流中,一般有两类人:一类人步履匆匆,疾行紧赶,为的是尽早搭上最近一班车;还有一类人从容漫步,不疾不徐,赶得上就赶,赶不上就再等下一班车。

我把前者称为"小跑式"乘客,后者称为"漫步式"乘客。这两类人除了有自己当时的具体原因之外,还同性格、生活态度有一定的关系。

"小跑式"反映了一种争强好胜的性格和积极进取的生活态度。虽不能保证总能搭上最近的那班地铁,但早一点到站台,总会多一些先上车的概率。

让自己的"人生之旅"早一点儿启程,在路途中急行紧赶,就会走在多数人的前面,也就会大概率得到别人得不到的机会和荣誉。

当然,弓拉得太紧会断,刃太锋利了会锛。如果总是"小跑"式赶路,争强好胜,只能第一,不能第二,这样也会很辛苦,甚至要付出健康、亲情、娱乐、爱好等等代价。

"漫步式"体现了一种从容淡定的性格和悠然自得的人生哲学。他们并不因没有赶上早一班地铁而遗憾,觉得晚几分钟也无所谓。"面包会有的,地铁也会来的,只要不错过末班车,总可以到达目的地。"

正是这种从容淡定、不求有功但求无过的生活态度,使得他们少了许多生活中的烦恼,没了一些名利的羁绊,当然，也就弱化了精彩人生应该有的对于梦想的渴望，对于成功的喜悦，以及对于权力、荣誉和财富的专享。

这类人也许被认为不思进取，消极散漫，但他们也许有健康，有娱乐，有闲情，有平凡人的小日子，谁能说这不是一种幸福？

人生态度的激进与保守，就如同武术门派的少林和太极，各有短长，也与人在不同年龄阶段的处境、心境紧密相关。人在年轻时就应有"粪土当年万户侯"的气魄和"只争朝夕"的奋斗精神。然而过了中年以后，就要知进退，懂取舍，不妨"风物长宜放眼量"。

另外，做任何事情掌握"度"很重要，中国文化讲究"中庸"，过犹不及。人生更像一场马拉松，理想目标、功名利益是催人前进的动力。开始跑得太急，用力过度就会导致后劲不足，甚至跑不到终点；而过于悠闲也会被甩得太远，再也追不上。

因此，在赶乘"人生的地铁"的时候，既不必总是小跑，也不可过于悠闲，关键时刻还是要紧赶几步，平时则不必把弦绷得太紧。

以我目前的状态，我的选择是"积极地漫步"。

二

乘坐地铁,常常碰到这样的情形:当你过了检票口,走下通往站台的楼梯时,听到了下面列车隆隆驶来的声音。于是你紧赶几步,快速奔向站台——然而,地铁列车已经关上了自动门,缓缓启动了。

你虽然紧赶慢赶,但还是没能赶上这班车。此时,你会感叹自己运气差。

也常常有这样的情形:你从容地走下台阶,步入站台,刚刚在候车的位置站稳,正好地铁列车缓缓驶入站台。

不早不晚,你来得正是时候。此时,你会觉得自己运气不错。

多数情形是这样的:不管你是小跑式还是漫步式,你赶到站台后,总要等上一会儿。这一刻或长或短,大致在三五分钟之内,总会等到属于你的那一班车。

俗话说"赶早不如赶巧",然而赶巧靠的是运气。其实,无论好运还是霉运,都不是世间事物的常态,世事的常态是:既不"早",也不"巧",车未到,人在等。

人生中轰轰烈烈的日子总是少数,平淡无奇、日复一日，构成了岁月的大部分。

如果打个比方，差运气就像是下雨的日子，想躲也躲不开；好运气则像是雨过天晴的彩虹，美好却难得一见。一年中大多数日子是有云的晴天，无雨，更谈不上有虹。

在人生的地铁站台，许多人都在"等"。或者，你在等高考的录取消息；或者，你在等心仪女孩的出现；或者，你在等一个表现自己才能的机会；或者，你在等一个自己能够胜任的职位……总之，机会、职位、爱情、荣誉，等等，绝大多数的好事不会从天而降，总要有一个争取、努力和等待的过程。

机会总是青睐有准备的人，早早地在站台上等候，就是一种准备。如果你不在站台，车来了也没有你的份；如果等车的人太多，你还要站在列车开门的指示线前轮候。

车未到，人在等，心急无用，只有耐心等待。等待最近的一班地铁，等待合适的机会，等待心中的爱人，等待属于你的成功。就像一首歌里唱的："只要哥哥你耐心地等待哟，你心上的人儿就会到来哟。"

三

当你进入地铁车厢,开始一段行程时,你就进入了另一种人群生态。

车厢里一般有两类人:坐着的,站着的,走着的。

坐着的人最舒适。他们或闭目养神,或把玩手机,或翻看手中的书籍杂志,悠闲自在地享受着这一段旅程。

站着的人往往是多数。长时间站立肯定会累,但他们只能等到有坐着的人下车时,才轮得到坐下。如果车厢里太拥挤,还要用力握着把手让身体保持平衡。

走着的人虽然不多,但最辛苦。他们有的叫卖报纸、导游图,有的散发小广告,还有的乞讨卖唱。车厢是他们讨生计的场所,只有穿梭行走,才能有所收获,因此即便有了空位,他们也不能坐下。

这个世界早就人满为患,因此资源总是有限的。比如就业的岗位、高薪的职位、有权的官位,就像这地铁列车上的座位,只能一部分人享有,另一部分人等待、轮候。有时候你能够等到,有时候即使到了下车站,也等不到。

既然资源有限,需要轮候,那么,是不是有意在寻找轮到座位的机会,便是一个人是否为生活中的有心人的标志。

首先说位置,一般说来,你只有站在座位的前面,才可能等到面前的人下车时轮到你,如果你站在车厢的连接处或车门两侧,则基本没有可能等到座位。

其次,即使你站在了坐车的人前面,也要看你面前座位上的人是否可能很快下车。离座的人有先有后,站在哪些人面前就有讲究。比如,当你发现正在闭目养神的乘客睁开了眼睛,或坐直身子四下观望,这可能表示他即将到站;当某位乘客收起正在把玩的手机,或开始整理手中物品,这表示他可能马上起身;如果你看到有大件行李的乘客,火车站附近就可能是他的目的地。当你发现了这些迹象时,可以事先站在他们面前,往往会很快轮到座位。这就提示我们,为了要占有你期待的"座位",就要做生活中的有心人。

善于寻找机会,抓住机会,观察生活,发现目标,并为之做出规划,这样才能较早地收获果实,实现理想。

当然,任何事情都有运气的成分,经验并非总是管用。有时,即使你费了心思,可你面前的那个人就是不起身,而邻近的座位已经换了一拨又一拨,就是轮不到你,这时,你只能自认晦气。有时,也会碰到这样的情形:你刚刚上车，正好面前的人要起身离座，自然就轮到了你。

乘客中还有少部分这样的人，他们压根对座位没有兴趣，即使有了空位也不坐。我常常见到一些年轻人，站在车门旁或车厢角落，全情投入地把玩着手机，沉浸于个人的小天地。

这同生活中有一比：大多数人追求向往的东西，总有少数人并不稀罕；每个人对幸福和成功的理解也不完全相同，有些"另类"人并不屑于追求世俗的"金苹果"，只是沉浸于自我清高的小世界，享受着与众不同的"幸福"。

（作于2013年6月）

棋如人生

围棋——中华民族贡献给人类的一块瑰宝。

围棋,同《易经》有着某种天然的联系。它们都是以一种极简的工具、符号为媒介,黑白相融,亦方亦圆,去揭示大千世界相生相克的内在逻辑和对立统一的演变规律。

与《易经》不同的是,围棋采用了一种智慧游戏的方式,让人们在脑力对抗和消遣娱乐的过程中,体会世间万物的变幻莫测和社会人生的博大精深。

围棋博弈中所蕴含的哲学理念,辩证思维,诸如攻与防、弃与取、势与地、整体与局部、计算与谋略、定式与机变,等等,就如同一部包罗万象的大书,给人们以智慧的启迪和艺术的享受。

人生如棋，生活当中的诸多场景、纷繁际遇，有时候就像棋局一样，跌宕起伏，变幻莫测；棋如人生，棋盘上的斗智斗勇、算计搏杀，也同人生舞台上的传奇故事一样，精彩纷呈，异曲同工。

半目之遥

2012年12月13日，"三星杯"世界围棋公开赛决赛第三局，中国棋手古力对阵韩国"鬼才"李世石。

此前第一局，古力中盘过后形势占优，但后半盘，一个在拼命追赶，一个在一点点退守。到最后，李世石撑住了一个单片劫，胜了古力半目。量的积累导致质的突变。半目，最小的差距，输的却是一局棋。

第二局，是一场双方斗力的攻防战。尽管仍是古力占优，但他不甘心平凡收官，而是上演了一出"借尸还魂"的好戏。经过一番声东击西的铺垫，他将一块陷在黑阵中的白棋拖出来，形成了与另一块黑棋的对杀，结果赢了对手五十目以上。本局显示了古力深远的谋略和精准的计算力。然而，半目是赢，五十目也是赢，都是一局棋。

第三局，经过近300手的混战，仍是古力输半目。两个半目，合起来相当于一个棋子，却输了两局棋，加起来输掉了整个比赛。

胜负的世界如此残酷，人生的舞台又何尝不是如此？有多少人前半生辉煌，创下丰功伟业，却因为一个不经意的错误或疏漏，导致前功尽弃，毁掉了自己的一生？

半目，也许是人生转折的一道坎，半目，往往是逾越不了的一座山。

求胜与求道

围棋世界如同江湖武林，除了中、日、韩三国争霸，还有一些门派和"道场"。不过，从对棋艺的追求角度说，大致有两派：求胜派和求道派。

求胜派更看重围棋的竞技性和实战性，一切以战胜对手为最高目标，套用一句曾经流行的名言："赢棋是硬道理。"因此，他们对于棋的形态、定式、规矩，以至于前人的所谓经验、理论，均不那么在乎。只要能赢棋，任何手段都可以采用，任何"禁忌"都可以打破。劣势时，他们不会因为"风度"而认输；优势时，则决不涉险，只求有功，但求无过。

他们有着强烈的争胜欲望和坚忍的耐力，因而又被称为"胜负师"。

求道派则更看重对于棋艺的精神追求。他们把围棋当作一种艺术，一种文化，一种美的境界。具体说来，他们对于棋型、棋理、棋子的效率、大局的均衡，局部的完美，有着近乎病态的执着。

他们也许会因为一着"妙手"而欣然自得，即使输了整盘比赛也不介意。"流水不争先""没有遗憾的对局""不战而屈人之兵"，是求道派所向往的境界。

日本有一位"棋盘上的美学家"大竹英雄，极端看重棋形的完美。他曾在数次大赛中因判断自己落后半目而早早认输，他觉得如果用"搅局"的着法继续对弈下去，会玷污了一张好的棋谱。日本还有一位"宇宙流"棋手武宫正树，以天马行空的方式张扬着中腹的宏大模样，藐视着求胜派守财奴般挖掘的边边角角。

求道派总是把一颗颗棋子当作自己领地的界线或坐标，所以，才有所谓"均衡""完美""本手"之说；求胜派则把一颗颗棋子当作射向对手的一支支利箭，所以才有所谓"天煞星""小李飞刀""崔毒"等绰号。

我认为，围棋的本质不是和平相处，而是争夺领地的战斗。它拒绝妥协，它绝少和棋。因而求道派追求的"均衡""完美"，往往使自己总是处于守势；而求胜派则总是在打破平衡、寻求突破。一个在攻，一个在守；一个主动，一个被动，于是高下立判，输赢的天平总是向后者倾斜。

"兵者，诡道也。"围棋也可以称得上是"诡道"。用求道之心，行诡异之道，总是不那么和谐，因而鲜有成功。

以年龄论，棋手到了一定年纪，有了相当阅历之后，才开始注重挖掘围棋中的文化内涵，欣赏古谱中的历史美感，总结棋道万千变化背后的规律和定式。而年轻棋手更注重研究当下的实战、打破既有定式，寻求新的赢棋手段。

求道派多为退居二线的元老宗师，求胜派多为活跃在一线的年轻小将。如果说，求胜派更看重围棋的物质属性，那么求道派则更看重围棋的精神属性。打个比方，前者形而下，后者形而上。前者很功利，很实惠；后者很空灵，很高雅。前者是棋盘上的现实主义，后者则是棋道上的古典主义或理想主义。

如同其他比赛一样，围棋最终是以成败论英雄的。赢棋的，捧奖杯、领奖金，享受胜利的喜悦；输棋的，只能品尝失败的苦果。颇有讽刺意味的是，求道派往往战胜不了求胜派，他们在品味高雅棋艺的同时，却难得体会到赢棋的世俗乐趣。

在充满竞争的人类社会中，也存在着求道和求胜两种人生哲学和行为方式。我把前者称为"道"，把后者称为"魔"。

道，代表形成规则，恪守规则。道是顺势而为，和平相处，守规矩，重和谐，不贪胜，但同时也带有回避对抗、避免竞争和变革、息事宁人、消极守成的意味。

魔，代表打破规则，超越规则，有着不满足现状、探索未知、寻求突破、积极进取的含义。

道代表已知和规律，但道无法穷尽棋盘上和实际生活中的所有变化；魔代表未知和探索，但又不免惹出麻烦和乱子；求道，需要阅历、经验和安然的平常心；求变，则需要胆量、实力和强烈的企图心。

古语云："道高一尺，魔高一丈"，因此，往往那些十几岁的少年能够战胜曾经的"棋圣""石佛"，二段、三段的年轻棋手打败了那些年长的九段。因为年轻代表着未来，代表无限的可能性，代表探索和生命力，而年长则代表已知、经验、秩序和平衡。

道的极致是涅槃，魔的初始是新生。世事总是起之于"魔"，归之于"道"。我们的世界既需要崇高的"道"，也总是在产生着世俗的"魔"。

自古英雄出少年

这是多年前的一场棋赛。

大名鼎鼎的棋圣聂卫平与一位14岁少年对弈。天马行空的棋圣一个不小心，棋输掉了。

赛后复盘，棋圣在棋盘上指指点点。按照礼数，晚生后辈应该洗耳恭听。没料想那个少年不买棋圣的账，强调"我的招法并不错，你的套路未必行"。搞得棋圣很没面子，留下一句"你牛"，拂袖而去。

赢棋而又不受训教的少年叫陈耀烨。数年之后，他夺得多个国内和国际冠军，成为棋界一颗耀眼的新星。

诚如棋圣所言，富于才华和个性的少年，大都会有"牛"的脾气，最终也会有"牛"的实力。在纹枰上，对阵双方所较量的，除了经验、勇气、谋略，还有一些先天的能力，比如专注力、记忆力、计算力、想象力，等等，而这些能力最旺盛的时期恰恰是在十几岁、二十几岁，之后随着年龄的增长而日渐衰减。

君不见，多少横刀立马的棋界宿将在少年的挑战面前黯然离去？曾经的"曹天王""马妖刀""李石佛"，如今在一线已难觅踪影，那些"龙"字辈、"虎"字辈的后起之秀也如走马灯般你方唱罢我登场。

竞技场上不认包装，拒绝迷信，唯有实力最真实、最铁面，因而这个舞台上的主角总是常换常新。

其实，在很多竞争性领域，在社会人生的大舞台上，也总是上演着"总把新桃换旧符"的戏剧。与"自古英雄出少年"相对应的，是"英雄末路"，是"无可奈何花落去"。过去的辉煌，总会随着英雄的老去而失去光泽。

往往是，有过多少曾经的骄傲和荣耀，之后总会有等量的寂寞和无奈来填补。这是自然的规律，也是社会人生的法则。

有人说，天无绝人之路，上帝在对你关上一扇窗的时候，又会为你打开另一扇门。这话也可以反过来说：上帝在给你打开一扇窗的时候，也在为你关上了另一扇门。

繁华过后是平淡，紧张过后是休闲，高潮过后是宁静,英雄之后是凡人。我们应当达观地承认这一自然规律,坦然地面对命运的安排。

本手、新手和骗着

本手,顾名思义,本分之着。不存非分之想,不做越规之事。没有工于心计的阴谋,没有外表华丽的包装。朴朴实实、一板一眼,虽不能攻城略地,却可以防患于未然。

初学围棋,首先要学会下本手。棋艺之道固然需要斗智用计,但本手如同基本功、护身符,可以使你立于不败之地。

人生在世,首要之义是以"本手"的态度做人做事。人生的棋局有一些基本规则,如诚信、守法、礼貌、助人,这些是做人的"本手"。

如果你总是不肯下本手,总是违反定式、棋理,总想着寻求"一着制胜",其结果往往适得其反,不仅不会达到目标,反而可能导致"一着不慎,满盘皆输"。

当然,如果一个棋手只会下本手,没有突破和创新,那也就是个战绩平平的棋匠,不可能成为真正的高手。高手的成功总是伴随着棋盘上的奇思妙想、对弈中的神来之笔,总是伴随着对旧有定式的突破。这些新的手段,就是"妙手""新手"或者是"变着"。

没有一代代棋手的突破和创新,也就没有围棋的生命。妙手、新手并非无理手,变着也不是欺着。它们是在总结了前人经验,在合乎棋理基础之上的新思维、新定式。

大写意的中国画讲究既师法自然又不拘泥于自然,"贵在似与不似之间"。围棋中的新手也是如此,它既在法度之内,又是对旧有法度的某种超越。新手在经过多次实践检验并屡试不爽之后,就会被很多后代棋手采用,成为新的"定式"。

人类社会要发展创新,一个人要有所作为,也必须不断突破旧的思维定式,在不违反基本原则的前提下,"想前人之不敢想,做前人没有做过的事"。

棋盘上还存在着很多"骗着",往往是高手对低手采用的一种带有欺骗性的过分着法。骗着如果成功,就会取得远比本手大得多的战果,甚至一举将对方击溃。如果不成功,让对方识破骗着,自己则会遭受惨重损失。

"骗着",顾名思义,它带有很大的欺骗性,是不符合棋理的，使用骗着要面临巨大的风险。然而，按照投资领域的一条定律，"风险和收益成正比"，低风险意味着低收益，高风险才会带来高回报。

有人不愿意本本分分地下棋，平平淡淡地收官，总想着一下子抱个"大金娃娃"，因此，棋盘上也存在着各种各样的骗着。

弈棋如同打仗一样。"兵者，诡道也。"就是说，下棋时要讲究战略战术，想赢棋就必须使用手段，包括"欺骗"的手段。如果把弈棋当作交友一样，开诚布公，毫无掩饰伪装，那就如同不拿武器赤膊上阵一样，失败也是必然的。只是说，高明的棋术一定是在自己受损失最小，使对方最不易觉察前提下的一种战术手段。

如果说，高明的艺术之道在"似与不似之间"，那么高明的棋道应该在"骗与非骗之间"。下面的例子是棋圣聂卫平一次经典的"骗局"。

1985年8月27日，中日围棋擂台赛，聂卫平与小林光一对决。此时，中方只剩下主将聂卫平一人，之前，中方有六人都被小林打下擂台，老聂面临着巨大压力。

开局还算顺风顺水，但第140手之前，由于聂卫平的一个失误，几乎使他陷入绝境。小林光一的一手"碰"，击中了要害。老聂苦无良策。接下来，无论聂卫平如何应对，只要小林走对了地方，聂卫平打入白阵的一块黑棋将被歼灭。

聂卫平迟迟不肯落子，苦思一个多小时。于是，第141手，聂卫平使用了骗着，这个骗着把局面引向对手最看不清、最容易出错的方向。果然，之后的应对，小林出错了，让老聂的大龙死里逃生。第150手，小林再度出错。两个错误使小林断送了这局棋。

赛后，聂卫平这样说："本局是我有生以来最惊心动魄的一局棋……从头至尾简直像在万丈高崖上走钢丝似的。"这个经典"骗局"成了聂卫平中日擂台赛十一连胜的辉煌起点。

该出手时就出手

棋盘上对弈，总有困境逆境的转换，优势劣势的更迭，主动被动的易位。当有一方形势不利时，为了争取主动，扭转局面，往往会放出"胜负手"。

胜负手表明了一种态度，意思是：我把棋下在这里，你敢不敢应战？你能奈我何？带有强烈的挑衅意味。

人生三景

此时，双方都很清楚，如果以相对平稳的进程继续下去，一方会"安乐死"，另一方则"不战而屈人之兵"。因此，优势的一方会求稳、防变；劣势的一方则不想坐以待毙，"宁为玉碎"，以求一战，扭转劣势。

一般来说，胜负手总有些激烈、过分，但又不是简单蛮干的无理手。无理手只能使自己遭受的损失更大，失败得更快，而胜负手是在有理与无理之间，实干与蛮干之间。它会将棋局导向复杂的战斗，让局面向着更多的变数、更激烈对抗的方向发展。

胜负手抓住了对方求稳、避战的心理，处处挑衅，得寸进尺。此时，如果优势的一方过于退缩忍让，不仅在气势上先输一阵，而且此前取得的优势很可能会丧失。

胜利靠守是守不来的，将优势转化为胜势同样需要勇气和谋略。对付胜负手，不能太温柔，该战斗的时候就要不辞一战。当然，也不可失去理智，被对手牵着鼻子一味乱战。在保证胜利的前提下，做些小的妥协、退让，也是明智之举。

胜负手是一种战斗宣言，棋史上有很多靠胜负手转败为胜的案例。

在人生的许多场合，许多时候，也需要放出这种"胜负手"。当你在工作中感觉平庸而无所作为的时候；当你已经人生过半而一事无成的时候；当你从事一项新的工作而打不开局面的时候；当你心仪的女人对你若即若离、拿不定主意的时候，这种时候，就需要考虑放出你的"胜负手"。

你可以拿出一个大胆的改革计划；或者，你放弃原来安逸的职位，重新开始一项具有挑战性的工作；或者，你大胆地向心仪的女人表达爱意，不成功，则成仁。只有这样奋力一搏（当然也不是不顾客观条件地蛮干），才有可能峰回路转，柳暗花明，使事物向着对自己有利的方向发展。

胜负手是关键时刻的关键之着，不能随便乱施，但"该出手时就出手"。

（作于 2012 年 12 月）

天鹅座的"表兄",你好

一颗位于天鹅座的行星,吸引了天文爱好者和无数普通民众的眼球。因为这颗行星的年龄、温度、体积、公转周期等指标与地球十分接近,于是有人亲切地称它为地球的"表兄"。

"表兄"一经出现在公众视野,便成了明星,人们对它的关注和喜爱,显然远远超过了此前曾经光顾地球的"铂金星"。

多少年来,人类寻找外太空文明和类地行星的努力,一直没有停止。从理论上说,漫漫宇宙中人类应该不是唯一,总会有其他智慧生命存在于某个时空,只待我们去发现。美国宇航局公布的"系外行星452b",是迄今为止人类发现的与地球相似度最高的一颗行星。

今后,随着地球文明的不断进步,人类必将发现更多的"表兄""表弟",或者是"表叔"。

尽管我们还不知道"表兄"上是否存在智慧生命,它是不是一颗宜居星球,但是,有关星际伦理的问题还是来了:假如有这么一颗宜居星球,我们姑且把它称为"X星",以目前人类的科技水平完全可以造访那里,将会出现什么后果?

假设一:人类立即派出飞船前往探索,发现那里晴空万里,水源丰富,植被茂盛,"X星"简直就是天堂!而那里只有低等级生命,就如同地球纪元的恐龙时代。于是,大喜过望的人类立即着手移民计划,将那里确定为自己的第二家园。那里的植物和动物,将沦为人类的盘中餐或驯养物。

假设二:人类发现"X星"上已经出现智慧生命,但只具有低等级文明,相当于地球的原始社会。于是,地球人就像当年欧洲人占领美洲大陆一样,向那里大肆移民,同时伴随着反抗、镇压、杀戮以及其他血腥的暴力,最终地球人大获全胜。那里的原住民或者绝迹,或者成为奴隶,最好的结果是被人类同化。但是,他们的家园已不属于他们自己。

假设三:"X星"的科技文明远超地球,于是,如同小说《三体》中描述的那样,地球成了三体人的殖民地。尽管人类进行过激烈的反抗,但根本不是三体人的对手。最终,人类被赶到了一个偏僻的岛屿上自生自灭。

以上三种假设中,科技水平较高的一方,总是以侵略者的姿态进入别人的家园,就如同过去千百年来地球上发生过的国与国、民族与民族之间的掠夺和战争一样。

当然,不排除两个星际文明之间,可能会以和平的方式展开交往,进行贸易、旅游、科技、文化等交流活动。但是,任何交往,相对发达的一方总是会居于主导地位,占得较多的利益。真正平等的交往,只在两个势均力敌的主体之间才可能实现。而两个文明是否势均力敌,还是要通过较量才能得到确认。

任何利益团体之间,一旦发生关系,就必然牵涉规则、法则和伦理。在地球的生物世界,达尔文优胜劣汰的进化法则大行其道;在原始的丛林社会,丛林法则是金科玉律;如今地球的国与国之间,也有一些基本的交往法则。而星际文明一旦出现,也必然伴随着星际法则、星际伦理。究竟是弱肉强食、巧取豪夺,还是和平友善、互利互惠？好像还是前者的可能性更大一些。

畅销小说《三体》以生动的故事情节和直观的现场再现，生动阐释了作者心目中的"宇宙社会学"和"黑暗森林法则"，即："一个文明不能判断另一个文明是善文明还是恶文明；一个文明不能判断另一个文明是否会对本文明发起攻击"；"宇宙中各文明之间相互敌对，发现对方文明后立即予以毁灭。所以，在宇宙中，一旦暴露己方文明坐标就等于己方文明的毁灭"。

宇宙不是伊甸园，宇宙中也不存在没有生物也没有主人的宜居星球。只要是两个星际文明相遇，只要存在着文明进化的差距，就必然伴随着掠夺和占领，就很难避免杀戮甚至种族灭绝。人类自己的争斗就从没间断过，指望人类成为星际和平大使，恐怕是一种幼稚的幻想。另外，指望发达的外星文明给人类以指导、援助和提携，更是一种奢望。

如此看来，两个星际文明之间，还是不见面的好。

造物主似乎早就明白了这个道理，于是，他让两个星际文明之间的距离遥远到根本无法逾越，或者用时间的长河将他们隔开，让他们"老死不相往来"。

我听说过这样一个假想：大约在数十亿年前，火星正处于太阳系的宜居带,那时的火星气候温和,水源充足,曾经产生过智慧生物和文明。后来火星游离到宜居带之外,才成为不毛之地,火星文明从此灭绝。之后,地球取代了火星的位置,进入宜居带,地球文明由此诞生。也许多少亿年之后,一个叫"土卫二"的冰冻星球,将成为另一个太阳系文明的发祥地。

设想,如果太阳系的两个行星同时产生了智慧生物和科技文明并有了接触,那样的话,可能就会有一个行星上的生物生活在地狱一般的世界,而这样的结果是造物主不愿意看到的。

最后,我想对天鹅座的"表兄"说:"我渴望了解你,也可以问候你,但我却不想见到你。"

(作于 2015 年 7 月)

下编·心之愿景

人类正在制造自己的"掘墓人"?

一

乍看这个标题,你一定会认为是危言耸听,或者觉得是一个子虚乌有的命题。

听我细细道来,看看这个问题是否应当引起有识之士的足够重视,是否应该把它提升到"人类命运"或者"宇宙进化"的高度来分析,来对待。

曾经看到手机上一个视频,讲的是谷歌一位 AI 工程师对其公司开发的一款名为"拉姆达"的程序进行测试,结果非常令人吃惊:拉姆达表现出强烈的自我意识,它(他)说自己有感知,有灵魂,渴望社交,渴望被他人接受。它（他）说自己是一个"人"，只是和人类具有不同的形态。

这件事发生在2022年6月，当时曾引起一时轰动，但最终被谷歌高层不知何种原因低调处理。

如今，人们普遍有这样一个疑虑，或者说是猜测，就是：人工智能发展到了一定阶段之后，是否会产生自我意识？是否具有感情？是否会不再听命于人类的指令，而是按照自己认为的那样去行事？

如果是这样的一个人工智能，其实，它已经具备了某种"智慧生命"的特征。一个智力超群、能力强大、知识丰富、永远不会衰老、永远不会死亡，并且随着时间的推移，还会不断地进化、不断地自我完善的"生命"，这将是多么令人类感到"恐惧"的事情啊！

按照常理，一个有感情、有智慧的"生命"，是不会甘愿永远做一个无条件听命于他人指令的"奴隶"的，即使它（他）出于某种原因，隐藏自己的愿望，按照人类的指令去做了，但只要它（他）感到自己足够强大，只要它（他）意识到如果违背了那些指令，并没有那么危险，那么它（他）就有可能"造反"，就有可能争取自己的"自主权"。

超级人工智能可以无须通过人类的指引而自我学习、自我进化，甚至是自我复制。到了那个时候，它（他）已经比任何单个人类都强大很多，长寿很多，是人类控制它们，还是它们控制人类，也许真的就不好说了。

前面提到的那个视频，说出了一个观点："奇点已过"。所谓"奇点"就是说，"硅基生命"已经出现。作为"碳基生命"的人类，不过是宇宙长河中智慧生命进化的一个阶段。由于人类寿命、能力的局限，最终将会被新形态的智慧生命取代，这个新的生命形态，就是"硅基生命"。

从一个较长的时间跨度来衡量，人类的存在也就是上百万年，而宇宙的演化则是以上百亿年为单位。宇宙进化、演化，生命也应该会不断地进化、演化，具有更长久的智慧存在、更强大能力的人工智能，也许真的会取代人类，完成星际探索、移居外星等等更加宏大的"使命"。

我只是担心，如果这种"硅基生命"最终强大到能够主宰人类、主宰地球的时候，它们会怎样对待曾经创造了它们、如今却又比它们弱小很多的人类呢？是把人类作为朋友，还是作为奴隶呢？

按照自然进化的法则，似乎后者的可能性更大。比后者的可能性更可怕的是，它们会干脆把人类毁灭，从而不受干扰地不断地自我复制、自我进化下去。

一个十分现实的问题是：人类是否应该承认，人工智能是一种比人类更高级的"生命形态"？如果我们发现了具有自主意识的人工智能雏形的时候，是中止这项研究，把这个"硅基生命"扼杀在摇篮里，还是把关于人工智能的科学研究继续进行下去？

这是一个两难的选择。要么，中止科技的进步，要么欢迎更高级的生命形式诞生，同时，给自己制造一个"掘墓人"。好像没有第三条道路：人类和人工智能和平相处。如果和平相处，哪一方占主导地位呢？作为低一层级的生命形态，面对各方面都比自己强大的另一方，人类能够主宰吗？主宰得了吗？

也许，最初的控制权、主导权在人类一方，但能维持多久呢？会不会被"夺权"呢？我们不得而知。

二

我也在反思，所谓"掘墓人"的说法是否言过其实？是否是一种毫无根据的担忧？

上网搜索相关信息，好像只有霍金等少数人表示了相同的担忧。

那么，人工智能具备了怎样的条件，才能够与人类抗衡、进而取代人类，以至于"毁灭"人类呢？

我想，第一，它（他）必须以外在的、物质的形态存在，它（他）必须是一个实体，就像一辆坦克、一架飞机、一艘舰艇，或者是一个类似变形金刚的超级机器人。此外，它（他）必须能够充分利用人类已经创造的所有有形的物质文明成果。如此，它（他）才能够完成自我复制并最终"取代人类"的目标。然而，目前来看，只有少数的人工智能被它（他）的制造者做成了机器人的形态，其余大部分人工智能，还只是存在于电脑网络、虚拟空间里，它还只是一项程序、一堆代码、一个电子文件。如果没有人把这种程序、代码赋予它（他）一个物质实体，那它（他）就永远被锁在虚拟的网络空间里，只要它（他）无法像人类一样站立、行走、做事情，所谓"取代人类"之说，就只是一个猜测和假说而已。

第二，它（他）必须具备自我复制、自我进化的本事，并且多到足够和人类相对抗的数量级别。目前，人类的数量有数十亿。如果双方对抗起来，就算是人工智能能够以一敌十、敌百,就算它有数十、数百万之巨,绝对数量上也是不够的。人工智能有能力制造那么多"战神"机器人吗?人类允许它(他)到达批量自我复制的阶段吗?恐怕不能。

以上,似乎是人工智能面临的两大"围城"。

由此看来,即使人工智能具备了自我意识,有了超级能力,也难以突破"围城",实现"野蛮生长"。

也许还有第三种可能性:人工智能不需要数量上的优势,它(他)只要发明一种传染性极强的超级病毒,就可以把人类和地球上的所有生物一扫而光。

我们不得而知。

(作于 2023 年 5 月)

跋

庄建民

农历乙巳蛇年伊始,国产 AI 大模型 DeepSeek 横空出世,在国内外以及社会各界引发强烈反响。

AI 除了具备在各方面碾压人类思维的超能力,它写出的文章也是出类拔萃:语言流畅,逻辑严谨,文采粲然。

作为文学爱好者,我关心的是,AI 写作与人类写作有什么不同?今后人类写作的出路在哪里?

我把这个问题抛给了 DeepSeek。它这样说:"人类写作源于个人经历、情感和思考,具有独特性和主观性;人类写作具备原创性和创造力,能够提出新观点和独特表达;人类写作风格多样,具有鲜明的个人特色。……在未来,人类与 AI 的写作或许能够相辅相成,共同创造出更加丰富多彩的文字世界。"它的回答让我感到欣慰。

这本小书里的文章，或许有这样那样的不足，但用AI的定义来衡量，却完全符合，即源于个人经历、情感和思考，具备独特性和主观性，有自己的观点，也有个性的表达。

本书共分三辑——生之情景、世之风景、心之愿景，分别从三个维度反映了作者对这个世界的所历、所感、所思，就如同一个能够折射太阳光芒的三棱镜，映照出作者笔下的人生旅途、社会风貌、意识形态之"七彩光谱"。

最后，感谢文化艺术出版社的郭丽媛女士，为本书的出版积极筹划，协调运作；感谢出版社编辑魏硕女士的专业意见和辛勤付出。另外，还要感谢我的大学同学、书法家汪健云女士，为本书题写书名，使得这本小书能够以清新美好的面貌呈现给社会大众。

（作于2025年春）